JN128104

沈黙への道　沈黙からの道

遠藤周作を読む

金　承哲

かんよう出版

はじめに ―― 遠藤周作を読むにあたって

一

かつて評論家の武田友寿は、遠藤周作の短編小説がもつ魅力として、「実存に注ぐ優しい眼差し」や「永遠なるものや崇高なものをみつめる視点」等をあげたことがありました。そして、遠藤の作品を書かれた順に読むことによって、わたしたちは遠藤の魂の歴程を追体験することになり、遠藤が目指していた彼の「魂の至聖所」に導かれると語ったのです。

もちろんこうした評価は、遠藤の短編作品だけに限るものではなく、遠藤文学全体に当てはまるものに違いないと思います。なぜならば、作家としての遠藤が取り組んだ生涯の目標というのは、母の勧めによって受けたキリスト教信仰を日本人としての自分の身体に合わせようとした試みであり、それによってキリスト教信仰が探し求める神を日常生活の中で見出そうとしたものだったからであります。

遠藤は多作な作家でした。長編小説と短編小説はもちろん、評論、エッセイ、紀行文、日記、講演文など、実に多くの分野にわたって自分の文学世界を構築した作家でした。そのなかで何よりも広く読まれるのは、いうまでもなく『沈黙』でしょう。そして人々は、『沈黙』を遠藤の「純文学」として分類します。すなわち、信仰や人生の問題を真剣にかつ真正面から扱った、「純粋な」作品という意味でしょう。

しかしながら遠藤周作には、いわゆる「中間小説」(「歴史小説」、「心理小説」、「ミステリー小説」、そして「ユーモア作品」を含む)と分類できる作品も多くあり、数からみればむしろこちらのほうが「純文学」より多いのです。

ここで重要なのは、遠藤自身が「純文学」をどのように理解していたか、ということです。遠藤はこう語りました。

「・・・純文学の『純』というのは深いということでしょう。深いというのは深みがあるという意味じゃなくて、人間の内部の一番深いところまで釣り糸を垂れて、そこから引きあげてくるということでしょう。」(「新たな決意」『人間の中の

X』)

すなわち、遠藤自身にとって「純粋な」文学とは、「人間の内部の一番深いところまで釣り糸を垂れて、そこから引きあげてくる」文学だったわけであります。そうであれば、彼のすべての作品は、実は「純文学」になるはずです。これらの作品を通して遠藤が追求したのは、ほかならぬ「人間の内部の一番深い」ところにある、その何かであったからです。

この本では、可能なかぎり多様なジャンルにわたる遠藤の作品を取り上げようとしましたが、それは上記のような遠藤自らの立場に基づいたものでした。

二

遠藤の作品を書かれた順に従って読むと、わたしたちは遠藤の魂の歴程を追体験することができると申しました。というのは、遠藤の文学世界は彼の「人生体験」と切り離すことができないということを意味します。それゆえ、遠藤の年譜をここで簡略に記す必要があります。(もちろん遠藤の「人生体験」は、彼の「芸術体験」によって表現されたことも間違いありません。すなわち、遠藤は、イギリスのグレアム・グリーン、フランスのフランソワ・モーリヤック、アメリカのウィリアム・フォークナー等の小説を読んで、そこから学んだことによって自分の「人生体験」を文字にしたわけであります。が、これについては、別のところで話すことにし、ここでは省かせていただきます。)

遠藤周作は一九二三年、東京巣鴨で父常久と母郁の次男として生まれました。そして、一九二六年、父の転勤で満州の大連市に移住し、大連市の大広場小学校に入学しました。しかしこの大連で、少年遠藤は辛い経験をせざるをえませんでした。父と母の不和により、一九三三年に両親は離婚し、遠藤は兄とともに母に連れられ神戸に戻ったのです。

大連が一つの忘れえない場所だとすると、神戸も遠藤に消えない痕跡を残した場所になります。一九三五年、遠藤は母の勧めに従い夙川カトリック教会でキリスト教の洗礼を受けたのです。洗礼名はポールでした。

父に棄てられた母と、その母からの贈り物として受けさせられた洗礼。この二つは、遠藤の生涯に消えない痕跡を残しました。

遠藤は、その洗礼によって「合わない洋服」を着せられたと認識していました。日本人としての遠藤は、欧米から伝来してきたキリスト教が馴染みのないものとして感じられたのです。自分は何の決断もないまま、キリスト教信仰を受け取ってしまった、というところに遠藤の苦悩がありました。

その苦悩に耐えきれず、脱げば楽になるだろうか、と思ったこともありました。しかし、それは遠藤にとってはどうしてもできないことでした。なぜかというと、自分を誰よりも愛してくれた母からの贈り物としてのキリスト教信仰を棄ててしまうと、それは母を棄てることになるからでした。

脱ぐことも、そのまま着ていることも、できない。そうであれば、自分には「合わない洋服」を自分の身体にぴったりあう和服にしよう。この決断によって、実は小説家遠藤周作が誕生したのであります。

慶応義塾大学文学部仏文科を卒業した遠藤は、「神々と神と」や「カトリック作家の問題」などの評論を通して、日本的風土とキリスト教の間の「距離」を明確に自覚することになります。そして一九五〇年、遠藤は戦後最初の留学生として渡仏し、リヨン大学で勉強することになりましたが、その「距離」はなかなか縮められないものでした。

一九五三年二月、遠藤は病気で留学を中断して帰国を余儀なくされます。そして、もう一つの大きな試練に遭うことになります。その年の十二月、最愛の母が倒れ、急逝したのであります。遠藤は、母の臨終に間に合わなかったそうで、その口惜しさは遠藤にもう一つの影を落とすことになります。「母なるもの」という作品には、遠藤が母の死をどのように受け入れたかを示唆する場面があります。すこし長いようですが、遠藤文学を理解するためには重要なところだと思い、ここに引用します。

柄杓《ひしゃく》の水をかけながら、いつものように母の死んだ日の ことを考える。それは私にとって辛い思い出である。彼女が、心臓の発作で廊下に倒れ、息を引きとる間、私はそばにいなかった。私は田村の家で、母が見たら泣きだすようなことをしていたのである。

その時、田村は、自分の机の引出しから、新聞紙に包んだ葉書の束のようなものを取りだしていた。そして、何かを私にそっと教える際、いつもやるうすら笑いを頬にうかべた。

「これ、そこらで売っとる代物と違うのやで」

新聞紙の中には十枚ほどの写真がはいっていた。写真は洗いがわるいせいか、縁が黄色く変色している。影のなかで男の暗い体と女の白い体とが重なりあっている。女は眉をよせ苦しそうだった。私は溜息をつき、一枚一枚をくりかえして見た。

「助平。もうええやろう」

どこかで電話がなり、誰かが出て、走ってくる足音がした。素早く田村は写真を引出しに放りこんだ。女の声が私の名を呼んだ。

「早う、お帰り。あんたの母さん、病気で倒れたそうやがな」

「どないしてん」

「どないしたんやろ」私はまだ引出しの方に眼をむけていた。「どうして俺、ここにいること、知ったんやろな」

私の母が倒れたと言うことよりも、なぜ、ここに来ているのがわかったのかと不安になっていた。彼の父親が遊廓をやっていると知ってから、母は、田村の家に行くことを禁じていたからである。それに母が心臓発作で寝こむのは、近頃、そう珍しいことではなかった。しかし、その都度、名前は忘れたが、医師がくれる白い丸薬を飲むことで、発作は静まるのだった。

私はのろのろと、まだ陽の強い裏道を歩いた。売地とかいた野原に錆《さ》びたスクラップが積まれていた。横に町工場がある。工場では何を打っているのか、鈍い、重い音が規則ただしく聞えてくる。自転車にのった男が向うからやっ てきて、その埃《ほこり》っぽい雑草のはえた空地で立小便をしはじめた。

家はもう見えていた。いつもと全く同じように、私の部屋の窓が半分あいている。家の前では近所の子供たちが遊んでいる。すべてがいつもと変りなく、何かが起った気配はなかった。玄関の前に、教会の神父が立っていた。

「お母さんは・・・さつき、死にました」

彼は一語一語を区切って静かに言った。その声は馬鹿な中学生の私にもはっきりわかるほど、感情を押し殺した声だった。その声は、馬鹿な中学生の私にもはっきりわかるほど、皮肉をこめていた。

奥の八畳に寝かされた母の遺体をかこんで、近所の人や教会の信者たちが、背をまげて坐っていた。だれも私に見向きもせず、声もかけなかった。その人たちの固い背中が、すべて、私を非難しているのがわかった。

母の顔は牛乳のように白くなっていた。眉と眉との間に、苦しそうな影がまだ残っていた。私はその時、不謹慎にも、さっき見たあの暗い写真の女の表情を思いだした。この時、はじめて、自分のやったことを自覚して私は泣いた。


その後遠藤は、『白い人』で一九五五年の第三十三回芥川賞を受賞し文壇にデビューします。それを筆頭にして、『黄色い人』をはじめ数多くの作品を発表することになります。これらについてはこの本で紹介しますので、ここでは詳論することは省略したいと思います。

二〇〇〇年には、長崎の外海町に「遠藤周作文学館」が建立されました。遠藤が世を去ってから四年後のことでした。

三

それでは、遠藤文学はどのように築かれたものでしょうか。その中身はどういうものでしょうか。長い話を短くいたしますと、私は遠藤文学が「痕跡」と「痛み」という二つの軸を焦点としてもつ楕円のようなものだと考えております。

たとえば、遠藤は自分の代表作の『沈黙』を執筆することになった経緯について、次のように語りました。

「私の小説の中に、『沈黙』というのがある。この小説がどうしてできたかと言うと、一五、六年前に、長崎のある建物の中で、ある小さな踏絵を見たことがきっかけになったんです。・・・ところが、その踏絵を囲んだ木の枠に、黒い指の足跡があった。たくさん踏んだ中に、油足の人がいたわけです。私は、踏絵をみるのははじめではなかったから、ああ踏絵だな、という程度の印象で、その時は東京に帰って来てしまった。ところが、家で酒を飲んでいる時とか、夕方散歩している時に、その黒い指の足跡が瞼にフット甦ってくる。・・・その黒い指の足跡のことを考えると、どんな人が踏んだろうか。踏んだ時、どんな思いがしたろうか。・・・そう考えはじめると、だんだんその黒い指跡に興味を魅かれてくる。そこで長崎へ何回も出かけることになっていくわけです。」(『自分をどう愛するか〈生活編〉幸せの求め方』)

要するに、踏絵には、それを踏まざるを得なかった人びとが残した「痕跡」があり、その「痕跡」には、その人びとの、言い尽くせない「痛み」が含まれていました。その「痛み」が遠藤に共鳴したところで、『沈黙』は生まれたのであります。遠藤はその「痛み」に「共鳴」したと書きました。その「痛み」は誰かを裏切った者が味わざるを得ないものだからです。遠藤も、自分を愛した母を裏切ったという認識をもっていましたし、それは、自分を愛してくださるキリストを裏切ったという罪の自覚に相通じるものでした。

別の言葉に換えますと、キリストへの裏切りが消せない「痕跡」を残しましたが、それは、弱さを背負って生きている私たち一人ひとりが他人に残す「痕跡」と同じものです。人が人を横切るときには必ず痕跡を残す、と遠藤が繰り返して述べました。

そして、その「痕跡」が「痛み」として自覚されるところで、私たちは神という存在に会うのだ。これこそ、遠藤文学が私たちに示すものだと思います。「痛み」を伴う「痕跡」は、私たちを神のところに導く窓のようなものです。

それゆえ、罪とは単なる倫理的な過ちだけではありません。「罪は、普通考えられるように、盗んだり、嘘言をついたりすることではなかった。罪とは人がもう一人の人間の人生の上を通過しながら、自分がそこに残した痕跡を忘れることだった」、と遠藤が『沈黙』で語る通りであります。

もちろん、その存在を「神」という名で呼ぶ人もいれば、「仏」と呼ぶ人もいるでしょう。遠藤の晩年の作品『深い河』は、このように多くの名前で呼ばれながら人々にいのちを与える大いなる存在について描いたものです。

「痕跡」を残したものの後を遠藤は追いかけました。これこそ遠藤文学の要諦でした。しかしながら、「痕跡」を追いかける遠藤は、「痕跡」を残した、あの存在によって追いかけられたわけでもあります。子どもは、自分を愛する母のあとを自分が追いかけていると思います。しかし、実は母が同伴者としてその子供を追いかけていることによって、子どもは母のあとを追いかけることができるわけであります。これと同様に、洗礼が自分に残した神の「痕跡」を遠藤は追いかけると思っていましたが、実は神が遠藤をずっと追いかけていたはずであります。このようなことを、遠藤は『侍』で次のように告白していました。

「洗礼という秘蹟は人間の意志を超えて神の恩寵を与える・・・（中略）彼らの受洗に万が一、そのような不純な動機があったとしても、主は決してその者たちをその日から問題にされない筈はない。彼らがその時、主を役立てたとしても、主は彼らを決して見放されはしない。」

「はじめに」があまり長くなるのは望ましくないと思いますので、この辺でやめることにいたします。そして、これから遠藤周作の文学世界に入っていただきたいと思います。

目次

目次

沈黙への道　沈黙からの道

遠藤周作を読む

1　『青い小さな葡萄』

フランスに留学した時の若き遠藤をとらえていたのは、悪と罪の遍在という問題意識であった。

留学中に書いた日記（『作家の日記』）を読んでみると、遠藤が殺人事件の裁判を傍聴したり、黒ミサなどのような人間の暗い異常心理現象に関心を抱いていたことがわかる。

『青い小さな葡萄』（一九五六年）は、第二次世界大戦中抗独運動をしたレジスタンス隊員が同族のフランス人を集団殺害した事件を素材とした作品で、やはり悪の問題に対する遠藤の非情な凝視が読み取れる。

留学生としてバーでバイトをする伊原は、ある日、戦争中片腕を失った元ドイツ兵のヘルツォグに会う。彼は、落伍して死の淵に落ちかけたとき、自分に僅かの医薬品

「第三の新人」の作家たちと（右から３番目が遠藤周作）

と「青い小さな葡萄」をくれたスザンヌという名の若いフランス人女性を探している。

伊原とヘルツォグは、あちこちに聞いて回ったすえ、彼女の墓があるところまでたどり着く。ところが、その墓に刻まれている彼女の死亡の時期がどうも事実とは合わないようだ。そして、ある神父から教えてもらったのは、屍体のない墓もあったとのことだった。

ついに二人は、この謎の真相を知っている人物に会うことになる。その人は、抗独運動組織のマキ団に所属していた男であった。その男の口から出た話は、伊原をさらに驚かせた。

マキ団は、戦争が終わった後、敵のドイツ軍に協力したとの理由で、多くのフランス人を無惨に殺害し、「フォンスの井戸」にほうり込んだという。ナチという悪に抗戦していたレジスタンス団員の手によって、もう一つの恐ろしい悪が犯されたのである。

悪の連鎖。すなわち、悪を取り除くという美名の下でさらに悪が行われる暗い現実。被害者は加害者になってまた被害者をつくってしまうという加害と被害の無限の連鎖。

『青い小さな葡萄』に登場する群像は、こうした悪の連鎖の一つ一つの輪に当たる。ドイツの強制収容所で虐待を受けていたポーランド人のクロスヴスキイ（彼は「こびと」と呼ばれる）は、伊原とともにバーで働く女のエバを性的に虐待する。そのエバは、自分の同族をドイツ軍に密告した経歴の持ち主だったことが後にわかる。

伊原は、肌の色の違いで白人に嫌われるという被害意識をもっていたが、その伊原はエバを苛めることによって自分の鬱憤を解消しようとする。

「お前たちだって原子爆弾を使ったじゃないか」

と白人に怒りを抱いている伊原。

だが、彼はフランスに来る途中、旧日本軍によって破壊されたマニラ港を自分の目にしたたし、「人殺し、人殺し、人殺し」というフィリピンの群集の怒号がいまだに耳元に残っていた。

また伊原は、店でなくなったお金をドイツ人のヘルツォグの仕業としようという「こびと」の誘惑に乗り気になったこともある。

そして、同族を虐殺するレジスタンス。彼らは、傷ついたナチの兵士を憐憫の情に駆られて手当てした老婆までも連行して処刑してしまった。スザンヌのことは結局謎のままであったが、彼女がその老婆と同じ運命に遭ったことは十分暗示されている。

悪が悪を生み出すという悪の連鎖と普遍性。しかし、「こちらもやったから、あんた達の罪も消える」と言いながら、共犯者同士が互いの悪行を「帳消し」にすることはできない。「こびと」が井戸のなかを凝視しながら叫んだ通りである。

芥川賞受賞式で（1995年8月）

「殺された幾十万の人間たちがこの闇の中に集まって叫びはじめたら、どうしますかね。（中略）生き残った連中は戦争裁判や未来の平和ですべてを始末したつもりか知らないが、死んだ人間の苦しみはそれだけじゃ、もとへ戻らない。」

なお、『作家の日記』によると、遠藤はフランス人作家のピエール・アンリ・シモンの『青い葡萄』（*Les raisins verts*）を読もうとしていた（一九五一年二月五日）。シモンのこの作品は、世代を通して繰り返される罪と葛藤のことを扱う作品だが、そのタイトルは、旧約聖書のエゼキエル十八章二節から引用されたようだ。

「『先祖が酸いぶどうを食べれば　子孫の歯が浮く』」

2 『海と毒薬』

一九三五年、十二歳の少年遠藤は、西宮の夙川カトリック教会で兄とともに洗礼をうけた。洗礼名はポール。

しかし遠藤は、この受洗が自分の意志によるものではなく、母親に勧められた結果だったと悩んだ。

この悩みは、慶応義塾大学でフランス文学を学ぶにつれ一層深くなる。評論「神々と神と」（一九四七年）からは、欧米のキリスト教と日本の「汎神論的風土」との「距離感」に真正面から立ち向かおうとする、若き文学青年の悲壮な気概さえ伝わってくる。

「この距離感とは、ぼく等が本能的にもっている汎神論的血液をたえずカトリック文学の一神的血液に反抗させ、たたかわせると言う意味なのであります」

「距離感」というテーマは、フランス留学から戻って発表した『白い人』（一九五五年の芥川賞）と『黄色い人』として遂に形相化される。

ナチの手先となり知合いの神学生ジャックの従妹を凌辱するフランス人青年の「私」は、神の存在を否定したにも関わらず神を意識せざるをえない「白い人」であった。

「黄色い人」の場合はどうだろうか。

『黄色い人』では、すべてを失った女への憐憫で破戒の罪を犯してしまったフランス人司祭デュランの苦悩の対蹠点に、日本人青年千葉の「疲労感」が漂う。千葉は、戦場にいる自分の友人の許嫁を抱きながらも、神の前で罪を犯したという意識ではなく、「黄ばんだ肌の色のように濁り、湿り、おもく沈んだ疲労」をおぼえるだけであった。

しかし、遠藤を悩ませていたこの「距離感」は、単に客観的に記述することで解消されうるものではない。その「距離感」は、遠藤の魂の中で溶解されねばならない。遠藤はいう。母からもらった「合わない洋服」としてのキリスト教は、自分の体にぴったり合う「和服」に変わらねばならない。

言い換えれば、遠藤は、次のような問いに答えねばならなかったのである。超越的なキリスト教の神とは無縁の「汎神論的血液」が体中を流れる「黄色い人」にとって、キリスト教信仰や救いは如何にして可能なのだろうか。


『海と毒薬』（一九五八年）は、こうした問いへの答えの試みであった。第二次世界大戦中、九州の大学付属病院で行われた米軍捕虜生体解剖事件を題材として、遠藤は「黄色い人」にとって救いはどのように芽生えるかを探った。

大学医学部で勤務する若手医師の戸田と勝呂。彼らは、自分と社会を押しつぶすような戦争の陰湿な翳の中で、どうしようもない無力感と虚無感に陥っていた。ある日、生体解剖実験に参加するよう勧められ、「みんな死んでいく時代やぜ」という自暴自棄の心境で、二人は実験に加担することにする。

しかし、実験が終わってから、二人は「他人の苦痛やその死にたいしても平気」で「無感覚」な自分に今まではなかった不気味さを感じる。遠藤は、戸田の心の中の動揺を次のように描く。

「いま、戸田のほしいものは呵責だった。胸の烈しい痛みだった。心を引き裂くような後悔の念だった。だが、この手術室に戻ってきても、そうした感情はやっぱり起きてはこなかった。（中略）罅《ひび》のはいった手術台の上に小さなガーゼが一枚、落ちていた。赤黒い血の痕がついている。それを見ても戸田の心には今更、特別な心の疼きは起きてこない。『俺には良心がないのだろうか。俺だけではなくほかの連中もみな、このように自分の犯した行為に無感動なのだろうか。』」

だが、他人に対する自分の行為に「呵責」や「胸の烈しい痛み」や「心を引き裂くような後悔の念」を求めることは、罪の自覚にほかならない。

そして、罪の自覚があるところに、すでに信仰と救いは芽生えているのだ。神の救いの働きなしに、人は自分の罪を認識することができないからである。

遠藤は、他者の苦痛への「呵責」を求めるところに、「神があってもなくてもどうでもいい」と思う「黄色い人」の罪意識を見出し、そこでキリスト教信仰と「汎神論的血液」との接点を設けようとしたのである。

3　『おバカさん』

保名春子（瓦斯トン）

ある日、フランスから突然飛んできた手紙の差出人の名前にはそう書いてあった。しかも、「金クギ流ともミミズ流ともつかぬ書体」で下手くそに書きなぐられたこの手紙によると、この「瓦斯トン」という人物がなんと船に乗って日本に来るとのことではないか。

頭をひねって謎解きをしてみた結果、「保名春子（瓦斯トン）」とはガストン・ボナパルトの勝手な当て字だということがやっとわかった。手紙の宛先人の隆盛が舌打ちをしたように、この人は「日本人はみんな女のように名前の最後で子をつけると錯覚したにちがいない」。

それはともかく、ひょっとしたらあのナポレオン・ボナパルトの子孫が来るということだろうか。

が、船底の四等室から這い出す「長い馬づらを白痴のようにほころばせる」ガストンを見た途端、横浜港まで出迎えに来ていた隆盛と巴絵《ともえ》兄妹の期待は見事に裏切られた。

この「どこの馬の骨ともわからぬ外国の風来坊」が日本を舞台に繰り広げるドタバタ騒ぎの物語が『おバカさん』（一九五九年）なのである。

「間抜け顔」のガストンは、皆より白い眼で見られながらも、皆の友になろうとする。「飼ってくれる主人もなくて、みにくくて、年をとった」野良犬、「石をぶつけられたり、追いはらわれたりしてきたにちがいない」一匹の老犬にも、ガストンは声をかける。


「一緒に行きましょう、犬さん・・・」

隆盛の家にしばらく居候してから、ガストンは山谷などにさすらう「外人のほいど

『おバカさん』の主人公のモデルになったネラン神父とともに（1957年）

（乞食）」のような者になる。

「東京にはこんなに宿屋が沢山あるのに、ガストンのような一人者には気らくに、心やすらかに眠れる場所さえない」

それが彼の現実であった。

ガストンはやがて、ある殺し屋——彼の名は遠藤！——が企てる復讐劇に巻き込まれることになる。この男は、戦争中、濡れ衣を着せられ亡くなった自分の兄の上官たちを次々死に陥れる。だが、警察に追いかけられる身になった彼からガストンはどうしても離れることができない。

「わたしすてると・・・遠藤さん・・・かわいそう・・・」

憎しみではなく愛をと語るガストンに、冷血漢の殺し屋はあざ笑うように言った。

「善人ぶりやがってよ。善意などがまともに通る今の世の中かい。愛情とか信頼なぞはみんな便利だから使っている合言葉よ。」

この孤独な殺人者を憐憫で包むのは、この世の中でガストンしかいなかった。

「遠藤さん、一人ぽっち。一人ぽっちだからトモダチ、いりますね。」

ガストンがたどり着いた現場は、殺し屋が自分の兄の仇と「凄惨な死闘」を交える山中。殺し屋が血まみれになって死にかかったとき、ガストンは「友だちをかばうように」自分の体で彼を抱えた。

その後、ガストンを見た人は一人もいない。「ガストンはどこに消えたのだろう」と呟く隆盛は、青い空に一羽のシラサギが真白な羽を広げながら飛び去っていくのをみた時、ふっとガストンがまるで隣で例の片言の日本語でしゃべるような気がした。

「タカモリさん、わたし行きます」
「どこへ・・・」
「どこでも・・・人間のおりますとこ、どこでも・・・」

『おバカさん』は、「日本人に実感できるイエス像」を探る遠藤の試みから生まれた作品である。

そうであれば、「ガストンさん、いったい何のために日本にいらっしゃったの」という巴絵の問いは、中世の神学者カンタベリーのアンセルムス（一〇三三～一一〇九年）の著書『神はなぜ人間になられたのか』(*Cur Deus Homo*) が語るように、キリスト教の伝統的なテーマに他ならぬ。

この問いに、キリスト教は旧約聖書の言葉を持って答えてきた。

「彼が刺し貫かれたのは
わたしたちの背きのためであり

彼が打ち砕かれたのは
わたしたちの咎のためであった。
彼の受けた懲らしめによって
わたしたちに平和が与えられ
彼の受けた傷によって、
わたしたちはいやされた。」
（イザヤ書五三章・五節）

隆盛の口を借りて、遠藤もこの聖書の言葉を繰り返す。
「ガストンは生きている。彼はまた青い遠い国から、この人間の悲しみを背おうためにノコノコやってくるだろう。」

4 『わたしが・棄てた・女』

遠藤周作は、生前、新聞や雑誌に数多くの連載小説を書いた。『主婦の友』（一九六三年）に連載された『わたしが・棄てた・女』も、その中の一つである。

戦後の東京で苦学する大学生の吉岡は、ある日、汚れた雑誌の読者欄で或る女の名前をみつけた。工場事務員の森田ミツという女だった。

「メタンガスのように黒く泡立つ情欲」を持て余した彼は、「他人の不幸をみると、その上に自分の不幸を重ねあわせ、手を差しのべようとする」ミツの性情を巧妙に利用し、自分勝手な振る舞いをしてしまう。

もはや自分の狙いを果たした男にとって、ミツは「終電車が通過した夜のホームに冷たい風が吹きころがす煙草の空箱のように棄ててしまう一人の娘」に過ぎなかった。

ミツはその後、様々な仕事を転々とする。だが、晴天の霹靂のような現実が彼女を待っていた。

何とハンセン病と診断され、病院に隔離収容されたのである。

しかし、奇跡が起こる。彼女は誤診されていたのだ。ひといきに駅まで出るミツ。だが、いままで一緒だった「患者たちを裏切ったような痛さを胸に感じ」、出てきた病院へと踵を返す。そして、患者たちの世話をしていた彼女は、ある日突然の事故でこの世を去る。

一方、出世に自分の人生のすべてをかけて暮らす吉岡のもとに、ある日一通の手紙が届く。ミツの死後彼女の残した日記がみつかり、病院の修道女がそれを彼に送ったのである。

日記を読み終わった吉岡は、会社の屋上に上り、どうしようもない「寂しさ」を感じ、街を見下ろしながら呟く。

「ぼくらの人生をたった一度でも横切るものは、そこに消すことのできぬ痕跡を残すということなのか。寂しさは、その痕跡からくるのだろうか。そして亦、もし、この修道女が信じている、神というものが本当にあるならば、神はそうした痕跡を通して、ぼくらに話しかけるのか。」

男に棄てられたミツは、彼女を棄てた男に自分の「ツミ」(罪)を自覚させ、神へ導く存在であった。それゆえ『わたしが・棄てた・女』は、自分を愛するキリストを棄てる、罪人の私たちの物語である。そして、棄てられたものが棄てたものを救うという、キリストへの懺悔と感謝の告白でもある。

さて、この作品は、井深八重(一八九七〜一九八九年)という実在の人物をモデルとして生まれた。遠藤はこう語る。

「まだ学生だった頃、御殿場の復生病院に二度ほど見舞いに行きました。(中略)この病院には、ご自分も同じ病気にかかられて入院されましたが、誤診とわかり、大悦びで御殿場の駅まで戻られた一人の女性がいました。彼女は、汽車に乗ろうとした瞬間、突然、頭の中を横切る声を聞きました。その声を聞いたあと、その女性は鞄をもって、再びもと来た道を病院に戻り、生涯を患者達の看護に当たられた

フランソワーズ・パストル

のです。この実話を知った時、私は感動し、やがて小説家になった時も、彼女の人生を変形して小説を書きたいと思っていました。こうして生まれたのは、森田ミツという私の愛してやまない女主人公です。」（山根道公「解題」『遠藤周作文学全集5』新潮社、一九九九年、三四五頁より再引用）

これもよく知られている話だが、遠藤には、フランス留学中結婚まで考えていた女性がいた。フランソワーズというこの女性は、日本に来て大学で教鞭をとったこともあったが、不幸にも病に倒れ帰らぬ人となった。

その二年後の一九七三年、遠藤が『日本経済新聞』に連載した『口笛をふく時』には、主人公の次のような独白がある。ここでいう「その人」は、果たして誰のことだろうか。

「人生には、幾十回、出会っても自分の心に何の痕跡も残さぬ人がいる。しかし、たった一度の触れあいでも、その人のことが忘れられぬような相手もいる。」

5　『哀歌』

「俺ってイヤな奴だな。本当にイヤな奴だ」

十九年前のことが、取材のためにカメラマンと一緒にハンセン病の病院に行く西堀の脳裏に浮かんでくる。

当時彼は、岩上神父が作った学生寮で暮らす大学生だったが、この神父はハンセン病の病院の院長でもあり、「寄宿舎生は一年に一度、そこの病院を見舞うのが一種の行事になっていた」のである。（※ここでいう寄宿舎は、司祭岩下壮一が設立した聖フヰリッポ寮で、白鳩寮という名前をへて、現在は真生会館となっている——筆者注）

断ろうと思えば断わることもできたが、西堀は「自分が（基督教のいう）愛徳の欠如した男であると思われるのがいや」であることと、「一種の虚栄心」からこの行事に参加した。しかし病院に行って患者のチームと野球試合をやることになっていると聞いたとき、「皆は一瞬怯えたように沈黙した」

「この連中の気持ちはぼくによくわかった。みんなぼくと同じ感情なので。広間でかくし芸をやるなら患者と直接、接触しないですむ。しかし野球までやらされるとなると、これは別の話である。だがそれを口に出す者はもちろん一人としていなかった。彼等もぼくと同じように自分が愛徳に欠けた人間と思われたくなかったのである。」

病院に着いて「ぼく」は、広間で集まっている患者たちに「嫌悪の情を感じた」ことで心を咎める。そして、「ぼく」の口から「自己嫌悪」の呟きが出てくる。

「俺ってイヤな奴だな。本当にイヤな奴だ」

野球試合が始まると、「ぼく」は慌てて宣言をした。「俺、野球、苦手だしな。外野をやらせてもらうぜ。」

「外野ならば、この空地の隅にぼんやり立っているだけでいい。傍観者のままでこのにがい義務が終るのを待てそうな気がしたからだ。」

外野からぼんやりと運動場を眺める「ぼく」は、中学校のとき聞いた話を思いだす。ある聖者がハンセン病を患う病者に自分の服を与えた。病人は、もし自分を本当に愛するならば、体を抱きしめて自分を暖めてくれと頼んだ。

「聖者は癩者の躰の上に自分をのせ、相手をだいた。

『もっと』と癩者は要求した。『もっと強く』

聖者は手に力を入れたが、

『もっと』と癩者は言った。『もっと、もっと、強く』

そして二人の躰が寸分のすきもなく重なった時、突然、癩者の躰は赫《かがや》いた。癩者はキリストとなった。」

この物語を思い出しながら「ぼく」は、「俺は聖人じゃないしな。くだらん俗人だからな」と自己弁解につとめる。

守備から攻撃に変わり、「ぼく」は空振りをするだけだったが、四回目に「どうしたはずみか、バットに相手の球があたった。」一塁に走ってもボールはまだ返送されていなかったが、「アウトになりたいだけのために」二塁まで暴走した。で、走りながら振り向いてみたら、一塁手の患者がボールをもって追いかけてくる。

「彼の一生懸命な顔がぼくの眼にとびこんでくる。むくみ、膨らんだその顔の額のあたりに薔薇色の丸い点があった。

ぼくはたちどまった。前に進めなかった。と言って、うしろに逃げることもできなかった。眼を地面におとして、直立していると、追いかけてきた患者が、しずかに言った。

『お行き、なさい』

彼はぼくの躰に球をふれなかった・・・

白鳩寮の慰問活動で訪れた神山複生病院で
(中央の頬被りしているのが遠藤)

『お行き、なさい』

十九年前、あの男の患者から言われたその丁寧な言葉はまだ憶えている。言葉だけではなく、その時のしずかな声の調子も忘れていない。」

「ぼく」のことを描いたこの「雑木林の病棟」は、「再発」、「男と九官鳥」、「その前日」などと一緒に短編集の『哀歌』(一九六三年)に載っている。書かれた時期からも推測できるように、これらは、遠藤が長年の厳しい闘病生活を強いられたときのことが背景となる

「私小説」的作品である。「ぼく」が慰問に行った病院は岩下壮一神父が院長を務めていた「神山復生病院」が、寄宿舎は大学生の遠藤が泊まっていた「白鳩寮」(現在の真生会館・信濃町)のことがそれぞれ背景になっている。

「お行き、なさい」

患者に言われたこの悲しい言葉は、作者の恥ずかしい心の奥底を照らし出し、それを優しく包む声であった。それが、後に一九六六年に上梓した『沈黙』の中では、踏絵のキリストの言葉になる。

「踏むがいい」

棄てられたキリストが自分を棄てた者をむしろ慰める、赦しの言葉だったのである。

6　『満潮の時刻』

遠藤の生涯は、病魔との戦いの連続でもあった。大学時代の喀血から始まったその病は、彼のフランス留学を中断させ、一九六〇年からは三度の手術と三年間の辛い入院生活を強いることになる。『満潮の時刻』（一九六五年）は、こうした遠藤の病床体験がほぼそのままあらわされた作品であった。

戦中派の明石は、中学校の同窓会の席で喀血したとき、戦争中肋膜炎を患って徴兵が延期され、そのまま終戦を迎えた時の記憶が甦る。翌日、診察を受け一年以上入院せねばならぬことが判った彼は、戦場で倒れて行った同世代の人びとへのうしろめたさが少し薄くなったとさえ感じた。明石は言う。

「こう病院にくると、人間の病気というものがどんなに多いか、よくわかるねえ」

そして自分にこう言い聞かせる。

「一体、ここで俺はどうかわるんだろう・・・大事なことは自分が何かをここで学んで退院していくことだ」

それは、病院で嗅ぐ様々な匂い、つまり、患者の匂い、消毒薬の匂い、そして人間の死の匂いが彼の魂に引き起こす波紋への敏感な反応であった。

入院の時

手術は一度や二度で終わらず、三度目まで受けねばならなかった。三度目の手術は、執刀する医師さえ成功に半信半疑の有り様だった。

そうした苦痛と絶望の暗闇の中で、明石はいつも病院の屋上に上り、眼下に広がる風景を自分の心に焼き付けようとした。その風景のなかには、最期を迎える夫の傍でその手を握っている妻の姿が見える窓があり、また、生まれつき肛門のない少年が紙飛行機を飛ばす姿もあった。これらの「厳粛な風景」は、「人間はどうして生きているのか」という「厳粛な」問いを明石に執拗に投げかけた。

「この問いにもちろん、明石は答えることはできない。しかし問いそのものは、たしかに今まで健康な時は見すごしていたもの、見逃していたもの、気にもとめなかった風景――そうした事物から、彼に囁きかけていることだけはわかった。」

病院に入ってから明石が気づき始めたのは、「物と人間との結びつき」であり、すべてなくなっていくものへの関心であった。今まで乗っていた車を売る時のことをある患者が語ったとき、明石は深い印象を受ける。

「古びた体を一生懸命、使って動いたこの車がまるで俺みたいな気がしたんだよ。・・・手放す時は妙に辛くて悲しかったなあ。」

「物と人間との結びつき」は、妻がある日買ってきた九官鳥によってさらに深まっていく。その九官鳥は、誰にも打ち明けることのできない明石の独白を黙って聞いてくれたのである。その鳥の前では、明石は泣くことができた。

その鳥の眼は、雑木林の中で首をつった人の傍でじっと見守るある犬の眼、そして、明石の掌の中で死んだある十姉妹の眼を連想させる。

「それらの眼はみな哀しみをいっぱいに湛えて、虚空の一点を凝視していたのだが、一体、なにを見詰めているのだろうか」

手術が何とか成功し退院できた明石は、長崎を訪れる。入院中、彼の夢の中になぜか踏絵が現れたからである。そこで明石は、「切支丹の牢獄」のことを読み、次いで自分と切支丹の「結びつき」に気づく。

「病院が牢獄だとは言わない。しかし牢獄のなかにとじこめられ、日夜、自分の死、他人の死のことだけを考えていたこうした信徒たちの眼に外界の事物はどう、うつったか、明石はそこに心ひかれるのだった。自分もあの時、さまざまな物を見た。生活の中では無意味な価値のない事物があそこでは一つ一つ、大きな重さを持っていた。」

やがて踏絵の前に立つ明石。そこで彼は、自分の眼が九官鳥の眼や犬の眼と重なり、さらにはそれらのすべてを見つめる踏絵のあの眼と重畳されることがわかった。

「それらをじっと見ている眼がある。屋上の手すりに靠れて暮れていく街とあの窓を見ていた自分の眼、九官鳥の眼、犬の眼、それらの眼は今やっとあの踏絵のなかの凹んだ磨滅した顔の眼に重なり、とけあい、一つになっていた。そしてその眼がまさに言わんとすることは何であるか。」

一九六六年、すなわち、『満潮の時刻』が発表された翌年に上梓された『沈黙』は、こうした明石の、否、遠藤の問いへの答えだったに違いない。

7 『留学』

工藤と荒木トマスと田中。

遠藤周作の『留学』(一九六八年) には、この男たちがそれぞれ主人公として登場する三つの作品が載っている。

「ルーアンの夏」、「留学生」、そして「爾《なんじ》も、また」。

工藤と田中は戦後フランスを訪れた日本人留学生であり、荒木トマスは切支丹時代にローマで勉強し叙階された人物である。

遠藤が戦後最初の留学生としてフランスに渡ったことを考えてみれば、これらの作品に彼の留学体験が反映されているのは疑う余地がないであろう。

しかも、これら三人の欧州留学体験にはある著しい共通性がある。三人の体験は、日本と欧米間の精神的・文化的風土の食い違いに悩むというところに収斂される。

フランス留学中のひととき（ローヌ川にて）

子供の時洗礼を受けた工藤は、カトリック教会から奨学金を受けてフランスに来ているが、自分に対する周囲の期待感にむしろ負担と圧迫を感じている。「信者たちは工藤が日本の布教のために役立つと思っている。その期待は日、一日と彼には憂鬱になってくる。」その圧迫感は、強い信念の持主であるフランス人信者とは違って、「自分の保護色を適当に変える意気地なしじゃないか」という自責感さえ工藤に与える。

有馬神学校出身の荒木トマスは、秀吉が切支丹の布教を禁じたころ、マカオをへてヨーロッパまで行き、「日本で最初のヨーロッパ留学生」になる。

荒木はローマで熱い歓待を受けていたが、それが荒木本人にはかえって「辛い重い荷物」として受け取られる。日本で弾圧を受けている人々のこと、また自分も日本に戻れば同じく処刑されることになろうということを思わずに過ごした日はなかったし、それによって彼はますます「苦しそうで孤独」な者になっていく。その孤独感は、「死をも辞さぬ英雄主義にかられている」宣教師たちのことを考えるにつれいっそうその溝が深まっていく。

「しかし、彼等と共に巻添えをくう貧しい農民信徒たちはどうすればいいのか」

司祭として日本に戻ってきた荒木だが、彼は一六一九年八月、長崎奉行所に逮捕され囹圄《れいご》の身となる。そして「奉行所で棄教を命じられると一度は首をふったが、拷問にかかるとすぐ転んだ」。

「爾も、また」にはフランス文学を専攻する田中が登場する。彼はマルキ・ド・サドを研究しようと思い、サド研究の権威者のルビイ教授を訪ねたが、ルビイの口から出てきた案外な言葉に一撃を受けることになる。「なぜ東洋人のあんたが、サドを勉強するのかわからん」。田中は、自分の心が揺れるのを隠しきれなかった。

キリスト教的風土のない日本から来た田中へのルビイの反問は、サドはキリスト教的な神信仰を前提にした上でその神に反旗を翻した人物であることを意味するもの

ラ・コステ村

だった。それでなくても、田中は「サドについて書いた自分のノートの一字一字を検証した時、心の表面を滑るだけで魂まで食いこんでいないのを認めざるをえなかった」のである。

ルビイの問いが自分の熱意に冷水をあびせかけたようにを感じながらも、田中は何とかしてサドに近づこうと必死になる。田中は、ある冬の日、遂にサドの城に行く決意をする。が、雪に道がふさがれこれ以上走れないという運転士の反対を振りきって、田中はタクシーをおりる。

「車をおりると粉雪をまじえた突風が斜面から彼の顔にぶつかってきた。（中略）急激な斜面をのぼりはじめると、積雪はますます深くなり、はじめは踝《くるぶし》まで埋めていたのに、膝ちかくまで足がかくれた。一足一足、進むにつれ、息切れがしはじめた。これ以上、登ることはほとんど無理である。（中略）（ここまで来たのに。ここまで来たのに。）鸚鵡《おうむ》のようにこの言葉をくりかえしながら田中はハンカチで顔をこすった。ラ・コストまで来て城に行けぬ。城は遠くにある。城は寄せつけぬ。」

近づけないサドの城。

それは、キリスト教という「異質の偉大な外国精神を眼の前において」感じる「距離感」を象徴するものであった。その「距離感」は、田中と一緒に留学していた向坂が田中に送った手紙の中で、極めて直截な言い方でまとめられている。

「私が知ったことは結局、シャルトルの寺院と法隆寺との間の越えがたい距離であり、聖アンナ像と弥勒菩薩との間にはどうにもならぬ隔たりのあるということだけでした。外形はほとんど同じでもそれを創りだした血液は、同じ型の血ではなかった。」

工藤や荒木や田中の姿は、日本と欧米の間の「距離感」で悩んでいた、若き遠藤自身の自画像でもあった。

8　『さらば、夏の光よ』

「道ばたの小石でも見るように無関心に」さらされる男。

「便利だから利用」されるだけの男。

「自分と同じように醜くて」「みんなから軽蔑されるか、無視される」小禽のみが自分の友だと思う男。

野呂文平という男のことだ。

小説『さらば、夏の光よ』（一九六六年）は、その野呂と彼の友人の南条、南条の恋人戸田京子、そして彼らが通う大学で非常勤講師をする「私」の物語である。「私」というのは、学生たちに「周作のヤツ」と呼ばれることから、作者の遠藤自身のことであろう。

野呂は、その周作の名前を「臭作」と書くほどの間抜け。でも、「私」は言うのだ。

「君が、俺の名を醜作と書かなかっただけ・・・まだ感謝せねばならん」

キャンパスの中で時々会う京子に、野呂はひそかに心惹かれていた。しかし、「いつも兄弟のように」親しくつきあう南条がその京子に夢中になってから、野呂はふたたび一人ぼっちになってしまった。

南条が野呂から離れたのは、「生理的に野呂さんが嫌なのよ」という京子のせいだけではなかった。南条も「あの人と二人きりになりたかった」のだ。南条は野呂へのすまない気持ちをこう語る。

「あのバクのような男は、我々を別に恨むでもなく、不平を言うでもなく、少しずつ自分から身を引いてくれた。人間は幸福な時には他人の悲しみや寂しさに鈍感で、無頓着でありうる。校庭の塀にもたれ、弱々しい陽差しを背中にうけながら、ぼくとあの人が校門を出ていくのをじっと見送っていた野呂の表情を、今でも憶えている。」

三人はみな卒業し、京子と南条は結婚を約束する。しかし、ある日突然の事故で、南条は記憶の中にしか残らない人となる。残されたのは思い出だけではなかった。京子は南条の子を身ごもっていたのである。

で、野呂は京子に求婚する。非常勤講師の「私」に送られた野呂の手紙によって、それが京子への愛から生まれた憐憫だったことがわかる。

「生まれつき気の弱い僕は、苦しんでいるもの、一人ぼっちなもの、可哀想なものを直視することができないのです。南条の死んだあと、打ちひしがれた京子を放っておくことができなかった。」

京子はもちろん言下に断わった。それどころか、彼女は野呂を「残酷にいじめる。」けれども、「まるで撲たれても主人の足もとに、にじり寄ってくる犬」ように、野呂は京子の傍を離れない。野呂の母親にまで「文平とお腹の赤ちゃんを倖せにしてあげてください」と言われ、京子は野呂と一応夫婦というものになる。

しかし、どうしても野呂との「心の距離」を埋めることができない京子。野呂は、「善意にみちながらその妻にも愛されぬ男」であった。

その上、南条の子まで死産になり、全ての希望を失った京子は、あの世にいる南条の後を追っていってしまう。野呂に出来たのは、南条の墓地と同じ場所に彼女のお墓を作ることだけだった。

京子の悲しみを共に担う同伴者となりたいという野呂の愛は、京子には届かなかったようだ。野呂は無力なる自分の辛さと悲しさをこう吐露する。


「人間は善意だけで生きることはできぬと始めて知りました。僕が彼女と結婚したのは彼女が受けた傷を少しでも癒してやり一人ぽっちになったあの人の杖にでもなればと思ったからだったのです。だが、そのぼくの立場がかえって京子の傷口をひろげ、その孤独をさらに孤独にしていったことを、今、京子が死んでから始めて知ったんです。」

野呂は、自分と同様に醜くて「自分の分身」とも言える小禽を雪に覆われた曠野に放つ。そして、「十羽の十姉妹があてもなく飛び去ったように、ぼくもあてのない旅をつづけるつもりです」と「私」に書き残した。「私」は自分に訊いた。

「今頃、野呂はどこにいるのだろう」

この「私」、すわなり遠藤が『イエスの生涯』を書き始めたのは、野呂のことを描いてから二年後の一九六八年のことだった。

そこで遠藤は、イエスを無力で「何もできぬ」がいつも私たちの傍におられる「永遠の同伴者」と呼ぶ。とすれば、「今頃、野呂はどこにいるのだろう」という「私」の呟きは、遍在するイエスを探し求める遠藤の問いにつながるだろう。

9 『闇のよぶ声』

『ゼロの焦点』というと、あの松本清張の推理小説だ。

世間を騒がせる連続失踪と殺人事件。事の発端は、戦後間もない米軍占領期の社会、生き残ること自体が厳しかったその時代にさかのぼる。

事件の「焦点」には、その時の自分の行跡を世間の目から隠さねばならなかった不運な女がいる。

清張は、密室で行われた謎の殺人事件の解明にフォーカスを当てた従来の推理小説から脱却して、事件の場を密室から社会という場に移した、いわば「社会派推理小説」の登場である。

しかし、失踪と殺人が行われる場は、「密室」と「社会」よりも深いところ、「人間の心の奥底」にある「闇」にその淵源をもつものでもある。「心の奥の魂」とは、「ふかい海の底のように」、「名前もつけられぬ暗い謎のような領域」であり、「既成の常識や知識では理解することのできぬ秘密が、どんな人の心の底にも、当人さえ知らぬままかくれている。」

遠藤周作の『闇のよぶ声』は、この人間の心という闇の世界にメスを入れた作品である。一九六三年十二月から約六ヵ月の間『週刊新潮』に『海の沈黙』というタイトルで連載されたものである。

精神科医の会沢のもとに、ある女性が訪れる。彼女の婚約者の樹生が神経衰弱の状態であり、その原因は、相次ぐ彼の従兄の原田と小山の失踪と関連があるのではないか、という相談だった。

会沢は「探偵作家が考え出す」ような「表面的な絡繰《からくり》ではなく、失踪そのものの奥にひそんでいる」「盲点」に焦点を当てる。医者は樹生に夢の日記を書かせたり、催眠術を使ったりして、事件の解明に奔走する。そうする中で、もう一人の従兄の熊谷も家出して行方がわからなくなり、ついに樹生までも蒸発してしまう。

闇がさらなる闇に包まれる中、会沢に一通の手紙が届く。差出人は久世豊吉、本名羅承元《らしょうげん》と名乗る男だった。遠藤は、アガサ・クリスティーの『そして誰もいなかった』のように、犯人からの手紙によって事件の真相を明らかにする手法を自分の作品で使う。

手紙によると、戦争中満州の金州というところに駐屯していた関東軍中尉の原田順吉は、部隊の糧秣をくすねて儲けて妾までかこっていた。彼は、それが発覚するのを惧れ、部隊の人夫だった久世の父に罪を被らせて殺し、母と兄まで扼殺した。

終戦後、日本に戻った久世は、手腕を発揮して事業を興し原田に接近した。金銭を使って原田を破綻状態に陥れ自殺するよう求めたが、原田は姿を消した。

そして、次は小山に接近し、まだ生きている原田に会うつもりなら真夜中に海岸まで来るように誘った。小山は、原田を装った久世をみて驚きのあまり岬の下に転落してしまった。

事の真相は、久世に連れ去られた樹生が無事婚約者のもとに戻ることで解明されたようにみえた。熊谷の行方もわかったのだ。「人生にたいする疲労」に悩み、黙っている海を毎日見続けていたこの男は、「遠くに消えてしまいたい衝動に駆られた」ようだ。

ところが、ある日原田が会沢の前に現れる。原田は、山崎という名で会沢に診察をうけたことのある、松葉杖の男その人だった。この男の足の痺れが「心の奥の苦しみ」によるものだと考えた会沢は、山崎が「監視されているような気になる」ので「年寄りの女の眼」を嫌がるのをみつけ、さらに突っ込んだ。「あの人のことを話してください。誰にも言いません。その点は大丈夫です。安心して、山崎さん、打ち明けてください。」

精神科医に、山崎はまるで神父の前で告解をするように呟く。

「俺はやったんです。だが命令だったんです」山崎の小さな眼から泪《なみだ》がこぼれ出した。

「戦争のときだね」

「そうです。だが・・・」

「相手は誰?」

「満州関東州の小さな部落でした。金州というところです」

「羅・・・」会沢は息をのんだ。「羅という家の老婆ですな」

萎えた足を引きずりながら去っていく原田。「重い荷物を背負ったように曲がっていた」彼の背中を凝視しながら、会沢は自分に言い聞かせた。

「あの足は一生、治らぬだろう。自分のような精神科医ができるのはせいぜい、松葉杖を使わずにどうやら足を引きずって歩ける程度までだった。しかし、それ以上は原田の魂の問題だ。そう・・・熊谷が言ったように、彼は人間の心に手を入れることができても、海底のようにふかい魂の部分には無力なのだった。」

「海底のようにふかい魂」に手を入れること。

作家としての遠藤が目指したのがそれであるのは、あらためて言うまでもないであろう。

10　『沈黙』（三篇）

『沈黙』①「沈黙」の声

大学二年の時のことだった。遠藤周作の『沈黙』を初めて読んだのは。それ以来、この作家の本が私の狭い部屋を少しずつ占めて行くことになる。

『沈黙』は何を語っているのか。キリスト教が弾圧を受けていたあの残酷な時代。先輩の司祭が「穴吊り」という恐ろしい拷問をうけ棄教を誓ったと聞いた司祭ロドリゴは、その真相を探るために日本に上陸し、潜伏しながら宣教に臨む。しかし、彼もやがて捕縛を受ける身になり、信徒たちとともに信仰を棄てるように強いられる。棄教を拒んだ人びとは拷問を受け、次々殺されていく。が、多くの「弱者」たちは、踏絵を踏んで「転び者」となってしまった。

踏絵を踏む。イエスと聖母マリアを踏みつける。「最も聖《きよ》らかと信じたもの、最も

世界の言葉に翻訳された『沈黙』

人間の理想と夢にみたされたもの」を自分の足で踏みにじる。そう言われてもまだ実感が湧かないなら、自分にとって最も大事な誰かを踏むように強いられた場合を考えてみればどうだろうか、と遠藤は言う。自分の母を踏む。自分の友を裏切る。生き残るためなら、と自分に言い聞かせながら。

しかし、自分の母親を裏切り棄てても、母親が自分に残したその痕跡まで棄てることはできない。その痕跡は、後ろめたさとなって、いつまでもその人に声をかけてくる。その後ろめたさを胸のなかにひそかに隠して、人は隠れキリシタンという二重生活者となったのである。

だが、二重生活者といえば、隠れキリシタンのことだけではない。それは今ここにいる私たちの姿でもある。私たちの多くも、誰にも打ち明けることのできない痕跡を抱いたまま二重生活者として生きているのではないだろうか。

遠藤周作には、『わたしが・棄てた・女』という小説がある。物語は、単純といえば極めて単純だ。ある男が、「ミツ」という名の女に出会い、自分勝手な振舞いをし、また自分勝手に彼女を棄てる。

ただそれだけだった。それだけだと、男は思っていた。しかし、それだけではなかった。もはや記憶の中にも存在しないと思っていた「ミツ」は、男のなかに消えない痕跡を残していたのである。男に棄てられた「ミツ」は、「ミツ」を棄てた男に、彼の「つみ」(罪）を痛感させたのである。

ところが、遠藤は言うのだ。自分の罪を感じるというのは、そこに神の愛が働いていることの証拠であると。神の愛なしに、人間は決して自分を否定することができないからである。

この作品は、男の独白によって締めくくられる。「ぼくらの人生をたった一度でも横切るものは、そこに消すことのできぬ痕跡を残す。・・・神はそうした痕跡を通して、ぼくらに話しかける。」『沈黙』の主人公である転び司祭がこう叫んだように。「あの人は沈黙していなかった。私の今日までの人生があの人について語っていた。」

『沈黙』は、「神の沈黙」を語る作品ではない。踏絵を踏むまでの司祭の人生が神について語ってきたように、その後の彼の人生も神について語りつづける。神が残した痕跡を通して。

『沈黙』の末尾にある「切支丹屋敷役人日記」には、その痕跡のことがさりげなく書かれている。残念ながら多くの読者は、この「切支丹屋敷役人日記」を読まずに本を閉じるようだ。もう作品は終わったと思うからだろう。しかし終わってはいない。神は、彼らに残っている神の愛の痕跡を通して、昔もまた今も、ずっと声をかけておられる。「ミツ」の愛が「つみ」(罪)となって棄てた男に声をかけたように。

この愛こそ、『沈黙』から聞こえてくる声であろう。遠藤は言う。この声は、「自分の悲しみや苦しみをわかち合い、共に泪をながしてくれる母のような同伴者」を求める私たちに近寄ってくる神の愛なのだと。まさにその声は、長い間日本人の心の琴線にふれる神を探していた遠藤に聞こえてきたものでもあった。

『沈黙』② 遠藤周作とマーティン・スコセッシ

二〇一六年で発刊五〇周年を迎えた遠藤周作の『沈黙』。まもなく、もう一つの「沈黙」が現れることになる。アメリカの巨匠マーティン・スコセッシの映画『沈黙 ― Silence』だ。

スコセッシといえば、あのニコス・カザンザキスの問題作『キリストの最後の誘惑』を映画化した監督としても有名である。シチリア系イタリア移民の子孫として、司祭になるためにイエズス会の小神学校に入ったこともあるスコセッシ。しかし、神学校は中退してしまった。果たして何がこの男を動かし、『沈黙』にカメラ・レンズを向けさせたのだろうか。

『沈黙』は、キリスト教が厳しく弾圧されていた一七世紀の日本を背景とする。主人公は司祭ロドリゴ。遠藤は、イタリア・シチリア島出身のイエズス会士ジュゼッペ・キアラ（一六〇二～一六八五年）をモデルとして、ロドリゴの物語を描いた。とすれば、遠藤と、あるいはロドリゴとスコセッシ間の距離が一気に縮まって行くような気もする。

ロドリゴは、自分の神学校時代の師匠のフェレイラ師が拷問を受け棄教したと聞き、その真相を求めて日本に潜入する。そして、フェレイラの跡を追っていく。が、追跡するロドリゴにも危険が迫ってくる。

やがてロドリゴも捕らわれの身となり、フェレイラと再会する。フェレイラの跡を追ってきたロドリゴだが、彼が目にしたのは、フェレイラの体にある「褐色になった火傷のひきつったような痕跡」だった。それは、フェレイラがキリストの下僕であるがゆえに「穴吊り」の拷問を受けたときできたものだった。その苦痛と屈辱の痕跡は、「イエスの焼き印」(ガラテヤの信徒への手紙六・一七)とは関係ないものなのか。相次ぐ疑問が行き詰まったところで、ロドリゴは踏絵の前に立たされる。そして、思いもよらなかったキリストの声を聞く。

「踏むがいい」

長崎で見た踏絵に残されていた人びとの足の痕跡が、遠藤に問いかけたものがあった。「あの黒い足指の痕を残した人びと」は、踏絵を踏んだ時どのような心境だったのだろうか。「踏むがいい」は、その問いに対するキリストの答えであったのだろう。そして、その汚れた足の痕跡は、十字架のキリストの聖痕（スティグマータ）と重なる。その傷跡は、キリストがご自分の身をもって人への愛を示した徴表だからである。

遠藤は、踏絵に残されたキリシタンの足跡を追う自分の姿を、フェレイラの痕跡を追うロドリゴの姿に託した。彼の魂の中で行われた追跡は、それらの痕跡を通して働いている神の愛に導かれた。

この辺で、スコセッシの話を聞きたい。彼は、『沈黙』のドイツ語訳に寄稿した「序文」の中で、遠藤のこの問題作について次にように語る。

「神の愛は、わたしたちが考えることよりはるかに神秘的である。その方は、わたしたちが意識することよりもっと多くのものをわたしたちに委ねておられる。そして、その方は、黙っておられるときでさえすべてのところでわたしたちに語っておられる。『沈黙』は、これらのことを言い尽くせない苦難を通じて自分の身に引き受けたある男の物語である。」

踏絵を踏んだロドリゴは言う。「その人は沈黙していたのではなかった。たとえあの人は沈黙していたとしても、わたしの今日までの人生があの人について語っていた」

『沈黙』の末尾にある「切支丹屋敷役人日記」には、踏絵を踏んだ後にも、自分に残っている神の痕跡を探し続けた男の壮絶な人生が記されている。

そして、スコセッシが次のように打ち明けるところで、彼の同郷の先輩のロドリゴの面影が浮かんでくる。「わたしは、洗礼を受けた者ではあるが、もう教会には行っていない。とはいえ、わたしは依然としてカトリック信者だ。

夙川カトリック教会で（1937 年）（後列から２段目左端が遠藤）

そこから離れることはできない。」(Richard A. Blake, Afterimage: *The Indelible Catholic Imagination of Six American Filmmakers*, Loyola Press, 2000, p.25)

遠藤は、西宮の夙川教会で洗礼を受けた。しかし彼は、その受洗はあくまでも母親の意思によるものであって、自分の決断によるものではなかったと悩み続けた。小説家としての遠藤の生涯は、その悩みとの格闘であったともいえるが、そこで彼が見つけたのは、人間の意志を超えて働く神の恵みであった。

それゆえ、キリストの痕跡を追うのは、傍観者としてはできない。なぜなら、その痕跡は、ほかならぬ自分の身に刻み込まれているものだからである。

遠藤は、現場に残された足跡にルーペを近づけながらそれを残した者を追いかける探偵のように、自分の身に痕跡を刻み込んだキリストを探し続けた。スコセッシは、その痕跡にカメラ・レンズを向けてフィルムに焼き付けることによって、「見えないものにわたしたちを向けさせる」映画を作ったのではないだろうか。

『沈黙』③「切支丹屋敷役人日記」

遠藤周作は、『沈黙の声』（一九九二年）を刊行したことがある。それは、『沈黙』が執筆されるまでの経緯や背景、『沈黙』が出版されてからの評論家や読者の反応についての著者としての所懐を述べたものである。

本のタイトルからも推測できるように、『沈黙』の主題は「神の沈黙」ではない、神はそれぞれの人生を通して語っておられる、とのことを遠藤は改めて強調した。特に遠藤は、『沈黙』の末尾にある「切支丹屋敷役人日記」が読者によって読み落とされてきたと指摘する。遠藤はかつて次のように述べたこともあった。

「それから最後に『切支丹屋敷役人日記』というのがございます。自分としてはあそこも大切なんです。ところがたいていの読者は『切支丹屋敷役人日記』の前のところで、もうこの小説を読むのをおやめになってしまうんです。」

それでは、ここに「切支丹屋敷役人日記」の一部をあげ、『沈黙』から聞こえる

「声」に耳を傾けたい。

「岡田三右衛門召連れ候中間吉次郎へも、違ひ胡乱《うろん》なる儀ども故《ゆえ》、牢舎申し候、囲番所にて吉次郎懐中の道具穿鑿《せんさく》仕り候処《ところ》、首に懸け候守り袋の内より、切支丹の尊み申し候本尊みいませ一、出《い》で申し候、サレハウラサンへイトロ、裏にジャビヱルアン女之有り候」

すなわち、岡田三右衛門（踏絵を踏んだ司祭ロドリゴに与えられた日本名）とともに切支丹屋敷に幽閉された吉次郎だが、彼は切支丹の「みいませ」を依然として抱いており、その「みいませ」には、聖パウロと聖ペトロ、天使ガブリエルのことが刻まれていた。（「みいませ」とは、「像」を意味するポルトガル語 imagem のこと。）何度も信仰を棄て、ロドリゴを裏切った吉次郎だったが、彼は依然としてキリストをあらわす「像」を自分の中に持っていたのである。

パウロは「キリストがあなたがたの内に形づくられるまで」（ガラテヤの信徒への手紙四・一九）働くと語り、キリストの形相（＝像）が私たちの中に刻み込まれることこそ、信仰の目標だと考えた。そういうパウロ自身も、自分の中に「イエスの焼き印」(同六・一七）を受けていた。

吉次郎が抱いていた「みいませ」は、彼がキリストに会ったその瞬間から、少しずつ刻み込まれ始めたものであろう。神は沈黙するようにみえたときも、私たちの耳に聞こえにくい「声」で語られながら、吉次郎の体と魂にご自分の「像」を彫りこんでいたのである。

11 『ユーモア小説集』

山里凡太郎。

この気の弱い若手医師には、片想いをしている女性がいる。自分の同僚の妹で、美貌で才気煥発な小百合。

自分には手の届かない相手だと思っていた彼女が、ある日受けた診療の結果、体の中に腫瘍があることがわかった。

そこで、それを切り取るために、魔法のような光線に照らされ矮小化された医師たちがカプセル化された潜水艇に乗って、彼女の体内に入ることになる。

手術は見事に成功した。が、問題発生！

潜水艇の操作ミスで帰路を間違え、小百合の体から出るためには、彼女の屁に乗せられてコウ門を通るしかないことが判ったのである。

凡太郎は、平素恋慕してやまない小百合の腸に詰まっている糞との格闘の末に、ようやく外に出ることができた。その時の屁の「風速七〇メートル」の衝撃で、顔は傷だらけ。

後日、「まア。どうなさったのです、その顔は」と驚く小百合に、「酔っぱらって・・・」とことばを濁す凡太郎。「いやな人ねえ」と叱られ、また小百合のフンと戦った記憶も生々しかったけど、彼女への愛は変わるものではなかった。

「愛情が遂に生理に勝ったのである」（遠藤周作「初春夢の宝船」『ユーモア小説集』所収）

今度は、家の塀にあまりにも頻繁に路上放尿をされることで困っている人の話。

「私の家の板塀がなぜ、立小便の対象になるのか」

主人公が思案の末に見つけ出した答えはこうだった。「立小便をよくかけられる家」には、「抜けたような一点」があり、「その抜けた一点があればこそ、通行人も気をゆるし、ズボンのボタンをゆるめたのだ」(「するべからず」)

遠藤周作は、「狐狸庵」という名で、ユーモア溢れる「糞尿譚」をかなり多く書いた。

では、なぜユーモアで、糞と尿なのか。遠藤の話を聞こう。

「向こうから友人がくる。我々が彼を見て笑いかけるのは、その人とつながろうとする心の表現である。我々が誰かを笑わそうとするのは、それによってみなを楽しくさせようとするつながりの表現である。(中略)笑いは、憎しみや怒りとは全く反対に他者を拒絶するのではなく、他者と結びつこうとする意志の最初のあらわれだとも言えるのだ。だから、私はユーモアのなかにもまたこの笑いの積極的な意味と同じものをみつけたいのである。」(「ブラック・ユーモアを排す」)

さて、このようなユーモアは「自分を劣者の位置におく」ことによって可能になる。言い換えれば、自分の「抜けたところ」を隠さず表に出すユーモアによって、エゴという固い鎧の中で窒息していた人々も「気をゆるし」、息を抜くことができるのである。

そうであれば、「自分を劣者の位置におく」ことで人を笑わせるユーモアには、糞と尿が欠かせないだろう。糞と尿ほど、人々に貶められる「劣者」に置かれるものはないからである。

一例として「社会有機体説」をみても、社会は人の体に喩えられ、その社会から無用なものとして棄てられるものは、糞と尿のようなものとして忌避の対象となる。しかし、糞と尿のような「棄てられたもの」があるからこそ、有機体はそもそも存続することができる。棄てられたものが棄てたものにいのちを与えるということを、糞尿譚は改めてあらわすのである。

遠藤の糞尿譚を読みながら、私たちはパウロの言葉を思い出す。パウロは「わたしたちはキリストのために愚か者となっている」し、「世の屑、すべてのものの滓とされている」と語った。（コリントの信徒への手紙一・四章）

東方正教会の「聖愚者」（ユロディヴィー）の伝統は、「すべてを捨ててイエスに従う」（ルカによる福音書五・十一）キリスト者の生き方として、こうしたパウロの思想に由来する。

遠藤の「ユーモア小説」も、「世の屑」や「すべてのものの滓」のような存在への優しい凝視として、このような信仰の伝統に通じるものであろう。

12 『遠藤周作怪奇小説集』

失敬を承知の上でお尋ねするが、あなたはミステリー小説がお好きだろうか。

こんなことを突然言い出したのは、遠藤の言葉が思い出されたからだ。

「推理小説は、最後の頁を開けるまでは大体犯人がわからないように書いてある。つまり、この犯人というのが人生の意義です。時には鮮やかなドンデン返しもある。私たちの人生にも最後にドンデン返しがある。人生の意義というのはそういうもので、

神様は、最後に私たちをドンデン返しさせてくれることがある。どんなに神を否定しようとしても、最後の頁でドンデン返しをして自分を信じさせる、ということです。

推理小説のことを私たちは普通ミステリー小説と言っているが、私の小説も、人

生も、やはりミステリー小説です。この場合、ミステリーというのは文字通り人生の神秘というものについて、その意味を探ろうということでミステリー小説になるわけです。」(『自分をどう愛するか「生活編」幸せの求め方』青春出版社、一九九三年、二二六〜二二七。傍点引用者。)

その遠藤に、「影なき男」(一九五七年)という短編がある。

これは、あの江戸川乱歩の要望によって書かれたものであり、そのタイトルは、遠藤がフランス留学中耽読した、アメリカのハードボイルド作家ダシール・ハメットの探偵小説『影なき男』(*The Thin Man*)(一九三四年)と同じだということをことを前置きとして言っておこう。後に遠藤は、タイトルを『鉛色の朝』に変えて、『遠藤周作怪奇小説集』(講談社、一九七〇年)にのせた。

「その男が私の前にあらわれたのは、二月の、ある曇った朝のことである」

出だしから、ミステリー小説や怪談のような陰惨な雰囲気が漂う。

サラリーマンの村松は、遊びまくる同僚からお金を貸しくれと頼まれると拒むことのできない、気の弱い、ある意味で善良な人である。会社に急ぐ彼に、ある男がついてきた。誰です、と訊くと、男は言った。

「追いかける理由があるからですよ。長い間かかってやっと探したんだ。村松さん、君のために俺たちはどんなに苦しい思いをしたか、察しもつくでしょう。」

そういわれると、何故か村松は素直にお金を渡した。

「今日はこれだけしかないんだ。だが、金が欲しいんなら、もっと用意する。」

これにはある事情があった。実は村松は、十年前に日本に戻るまで、シベリヤの収容所で三年間も抑留されたことがある。そこで村松は、同じ収容所にいる「反動の名、危険思想の持主の名を言え」と強要された。彼が躊躇すると、

「君が黙っている以上・・・今度の帰還も再考慮になるかもしれないぞ」

と脅かされた。

村松が無事に日本に送還されたのは、彼が「仲間を裏切った」ためであった。長い間、誰にもそれを打ち明けることはできなかった。けれども、彼が忘れたことはない。

「あれから十年、私が名を言っただけのためにあのシベリヤに残っている人もいるかもしれないのだ。白い雪に覆われた曠野の中で石を切り、その石を積んでいる人々がいる。」

その男に再度会うことになった日、「秘密は私一人で背負わねばならない」と、村松は悲壮な覚悟で出かけた。そして、男にまたお金を渡した。足りないと言われれば、更に日延べを頼むつもりで。

自宅の庭で（フランス留学前）

ところが、男は「結構」とすんなりお金を受けとり、「こんなに早く払ってくれるとは思ってもいませんでしたぜ」と言いながら領収書まで渡すではないか。

「なんですか、これは」と驚く村松に、「あなたが俺の店で飲んだ代金じゃないですか」、と男は苦笑し、村松の名前と家の住所まで書いてある借用書を目の前に出した。よく見ると、それは自分の字ではない。いつもお金を借りていく会社の同僚の日野というヤツのものだった。

「村松さん、スマん。この通りだ」、と日野は謝ったが、村松は黙っていた。

「私は、眼をしばたたきながら黙っていた。私が見つめているのは、日野の顔ではなかった。日野の顔のむこうに曇っている空だった。シベリヤの曠野のように鉛色にどこまでも拡がっておる空だった。」

日本に戻るために仲間を裏切った村松。仲間の顔と名という「踏絵」を踏んだ彼の胸の中には、ずっとうしろめたさが残っていたのである。

遠藤特有の仰天のユーモアで結末を迎えるが、「影なき男」は『沈黙』に流れ込む一つの支流に違いないだろう。とすれば、『沈黙』もミステリー小説として読めるはずである。そもそも「ミステリー」という言葉が神の神秘（ミステリウム）に通じると思うと、尚更である。

ミステリー小説がお好でたまらないあなた！「影なき男」から『沈黙』に至る流れに身をまかせるスリルを満喫してみるのは如何。

13　『母なるもの』

遠藤周作の作品には、作家自身の信仰の歴程がそのままにじみ出ているものが多い。

作品集『母なるもの』(一九七一年) に掲載されている同題目の作品もその一つである。

満州の大連への移住と両親の離婚、神戸への帰国と受洗、フランス留学と闘病生活など、遠藤文学の原点といわれる体験のすべてがさりげなく描かれているこの作品は、遠藤文学の全体を俯瞰させるものともいえる。

切支丹のことを背景とする小説を書いている語り手の「私」は、「世間には嘘をつき、本心は決して見せぬという二重の生き方」を強いられていたかくれ切支丹に興味をもつ。なぜかというと、かれらの中に「私」は、「時として自分の姿をそのまま感

母・郁

じることがある」からである。

ある日「私」は、かくれの後裔が所蔵している「納戸神」を見せてもらうために、五島列島を訪れる。かくれの村に足を踏み入れるその「私」に、なぜか、母と一緒に暮らした過去のことが思い浮かぶ。

「私」は、父に棄てられた母に同情しながらも、母に勧められる信仰生活には違和感も抱く。

その違和感は、「私」が思春期を迎えるにつれて反発感にエスカレートし、やがて「母に嘘をつく」ことを繰り返すようになる。

ある日、悪友の家で「母が見たら泣き出すようなこと」をしていた「私」は、結局母の臨終の場に間に合わなかった。家に戻った「私」が見たのは、すでに亡くなった母の「苦しそうな影がまだ残っていた」顔だった。

その顔は「貝のなかに透明な真珠が少しずつ出来上がっていくように」「私」の中で

形づくられ、やがて生前「母が持っていた『哀しみの聖母』像の顔」と重なり合う。そうした母の顔に、「私」は、なんとかくれの村で再会することになる。「踏絵」を踏んで転ばざるをえなかったかくれたちは、「キリストを抱いた聖母」に赦しを求めていたが、彼らが描いた聖母は、「稚拙な彩色と絵柄」の「乳飲み児をだいた農婦」の姿であった。

その絵の前で、「私」は一種のエクスタシーを味わう。自分の母をそこで見つけ出したからである。

「私はその不器用な手で描かれた母親の顔からしばし、目を離すことができなかった。彼等はこの母の絵にむかって、節くれだった手を合わせて、許しのオラショを祈ったのだ。彼等もまた、この私と同じ思いだったのかという感慨が胸にこみあげてきた。昔、宣教師たちは父なる神の教えを持って波濤万里、この国にやって来たが、その父なる神の教えも、宣教師たちが追い払われ、教会が毀れたあと、長い歳月の間に日本のかくれたたちのなかでいつか身につかぬすべてのものを棄てさりもっとも日本の宗教の本質的なものである、母への思慕に変わってしまったのだ。私はその時、自分の母のことを考え、母はまた私のそばに灰色の翳のように立っていた。ヴァイオリンを弾いている姿でもなく、ロザリオをくっている姿でもなく、両手を合わせ、少し哀しげな眼をして私を見つめながら立っていた。」

『母なるもの』は、肉親の母を通して久遠の「母なるもの」としての神に戻っていこうとする、「私」と私たちのたましいの「帰去来辞」として読まれるのではないだろうか。

「母を埋めている土は武蔵野特有の黒土である。私もいつかはここに葬られ、ふたたび少年時代と同じように、彼女と二人きりでここに住むことになるだろう。」

14　『イエスの生涯』

「湖のほとりで、彼を何人とも知らなかった人々を目指してイエスが歩み寄ったように、イエスはまたわれわれの方にも見知らぬ人、名なき者として歩み来る」

アルベルト・シュヴァイツァーの『イエス伝研究史』（遠藤彰・森田雄三郎訳、白水社、一九七五年）を締めくくるこの文章は、二〇〇〇年前の「名なき者」としてのイエスに名を付けることこそ信仰であること、すなわち「口に言いあらわしがたい秘密として、イエスの何人であるかを経験する」道であることを意味する。

イエスに名を付けること。それは、「あなたがたはわたしを何者だと言うのか」（マタイ一六・一五）というイエスの問いかけに答えることであり、「わたしについて来なさい」（マルコ一・一七）というイエスの呼びかけに全人格的に応えることでもある。

それゆえシュヴァイツァーは、「イエス伝を記述することほど、人格的史的企図はありえない」とも言ったのである。

遠藤周作の『イエスの生涯』(一九七三年)は、正に「名なき者」としてのイエスを名づけようとする「人格的史的企図」であった。

「彼の容貌を私たちは見たこともない。彼の声を私たちは聞いたこともない」という書き出しで始まるこの作品は、「事実のイエス像」をこえ遠藤自身の琴線に触れる「真実のイエス像」を探し求めたもので、「自分たちの哀しみや祈り、その時代の苦患《くげん》や悲願をこめてイエスの顔を創りあげた」多くの試みに連なる作品なのである。

「小説『沈黙』を書き終えて以後、数年の間私は日本人につかめるイエス像を具体的に書くという課題を自分に課した」と遠藤が「あとがき」で述べるように、『イエスの生涯』は、キリスト教は日本の土壌でどのような花を咲かすことになろうか、という問いへの答えだった。

この課題に取り組むために、遠藤はドイツの新約聖書学者のE・シュタウファーを含め多くの聖書学者の研究成果を意欲的に渉猟《しょうりょう》した。それによって彼には、「この伝記を書く視点」が構築されたのである。

その「視点」によれば、イエスは父のように「怒り、罰する」「峻厳《しゅんげん》仮借ない神」ではなく「やさしい母のような神」を人びとに語った。またイエス自身も、「人々に見捨てられた熱病患者のそばにつきそい、その汗をぬぐわれ、子を失った母親の手を、一夜じっと握っておられる」「同伴者」になろうとした。が、現実的な奇蹟を求める群衆の目に、イエスは単なる「無力な男」に過ぎなかった。

「だがイエスはこれら不幸な人々に見つけた最大の不幸は、彼等を愛する者がいないことだった。彼等の不幸の中核には愛してもらえぬ惨めな孤独感と絶望が何時もどす黒く巣くっていた。必要なのは『愛』であって病気を治す『奇蹟』ではなかった。人間は永遠の同伴者を必要としていることをイエスは知っておられた。自分の悲しみや苦しみをわかち合い、共に泪《なみだ》をながしてくれる母のような同伴者を必要としている。」

現実の中でイエスの生涯は、徹底的に失敗したようにみえる。しかし「聖書が聖書である本質的問題」はむしろここから始まる、と遠藤は言う。「なぜ現実においてあれほど無力であり、みじめそのものの死を遂げた一人の男が彼を見棄てた弟子たちから救い主《キリスト》として考えられるようになったか」という問題がそれである。

イエスが処刑された後、弟子たちは十字架上のイエスの言葉に「烈しい衝撃」を受ける。師を裏切って逃げた弟子たちは、イエスが「怒り」と「呪詛」の言葉を発したのではないかと怖れていた。

が、イエスの最後の言葉は、「主よ、彼等を許したまえ。彼等はそのなせることを知らざればなり」ということだった。ここで「イエスを否認したうしろめたさ、屈辱感、自己弁解は師にたいする慟哭」に一変し、イエスの「奇跡よりもっと深い愛」に弟子たちの人生は捕らわれたのである。

「奇跡よりもっと深い愛」を物語るイエスの生涯は、「我々の人生を投影して」理解してもなお「なお掴み難い神秘と謎」に満ちている。それにしてもその「神秘と謎」に近づく術《すべ》は、それに「我々の人生を投影」するしかないであろう。

15 『死海のほとり』

フランス留学中に書いた『作家の日記』によると、遠藤はアメリカの作家W・フォークナーに魅了されていた。

彼は、フォークナーの『野生の棕櫚』を読み、「小説の新しい形式」をもたらす「圧倒的」作品だと高く評価した。

『野生の棕櫚』は、純粋な愛を求める男女の物語と、ミシシッピ河の洪水に流された妊婦を救う黒人囚人の物語が、それぞれ独立した章になって交差する二重小説である。

遠藤も、二つの別々の物語が経と緯として作品を織るという書き方をよく用いた。欧米のキリスト教と日本人の自分との間の「距離」を埋め、「日本人につかめるイエス像」を求めた遠藤にとっては、二重小説は恰好の書き方だったろう。

『死海のほとり』(一九七三年)も、二重小説的な作品の一つ。エルサレムを訪れイ

イスラエルの死海への取材旅行（1970 年）
（前列左が順子夫人、後列右が井上洋治神父）

エスの行跡を追う「私」の物語（「巡礼」の章）と、二〇〇〇年前にイエスに会った人々の物語（「群像の一人」の章）が二重螺旋のように入れかわり、ついに一つのポイントで合一する。

小説家の「私」は、何の決断もなしに受けた幼児洗礼が自分に残した「痕跡」に悩まされている。「イエスとその弟子の一人の、小狡い嘘つきの、ぐうたら男」を主人公とする『十三番目の弟子』という作品を描こうとしたのも、また、エルサレムで大学時代の友人と共にイエスの足跡を追う「巡礼」に出会ったのも、その「痕跡」のためであった。

一方、「群像の一人」の章には、それぞれのきっかけでイエスに付きまとった人々が登場する。イエスの弟子のアンドレア、アルパヨ、大祭司アナス、ピラト、百卒長など。彼らにとってイエスは、奇跡を求める群衆に何一つ応えることのできなかった男、それゆえ「わずかに残った弟子たちのすべてから、遂に見棄てられている」男に過ぎなかった。

さて、この「巡礼」で「私」は、偶然コバルスキのことを耳にする。コバルスキとは、以前大学の寮で一緒に暮らしたポーランド出身の修道士で、彼は戦争中本国に戻り、収容所で亡くなった。「気の弱い」彼は、「ねずみ」という侮蔑的な綽名で呼ばれていたが、「私」は、実はあの「ねずみ」に無力な自分を重ね合わせる時があった。「私」は、収容所での彼の死について証言を聞く。何と、あの弱虫が、「彼の最後の日の食糧になる筈だったコッペ・パン」を同僚に譲り、処刑場に連れて行かれたというのだ。証言はつづく。

「その時、私は一瞬――一瞬ですが、彼の右側にもう一人の誰かが、彼と同じ

ようによろめき、足を曳きずってい
るのをこの眼でみたのです」

その「もう一人の誰か」とは、「人のために泣くこと、ひと夜、死にゆく者の手を握ること、おのれの惨めさを噛みしめること、それさえも・・・ダビデの神殿よりも過越の祭りよりも高い」と言った、イエスのことではないか。

そこで「私」は、自分こそ「ねずみ」のように「小狡い嘘つきの、ぐうたら男」、イエスの「十三番目に弟子」であることに気づく。イエスは、その「私」に「そばにいる。あなたは一人ではない」と言ってくれた、愛の同伴者だっ

順子夫人と長崎の波止場で

たのである。アルパヨの呟きは、遂に「私」の告白になる。

「一度あの人を知った者は、あの人を棄てても忘れることはできぬのだ」

『死海のほとり』は、「巡礼」を終え自分が「群像の一人」であることに目覚めた「私」の独白で締めくくられる。

「この旅で私に付きまとってきたのは、イエスだったか、ねずみだったのか。もうよくわからない。

だが、そのねずみの蔭にあなたは隠れていたのは確かだし、ひょっとすると、あなたは私の人生にもねずみやそのほかの人間と一緒に従いてこられたかもしれぬ。

（中略）

私の書いたほかの弱虫たち。私が創りだした人間たちのそのなかに、あなたはおられ、私の人生を掴まえようとされている。

私があなたを棄てようとした時でさえ、あなたは私を生涯、棄てようとされぬ。」

16 『小説　身上相談』

ここに一人の情け深き賢者あり、その名は狐狸庵山人。

『小説　身上相談』（一九七五年）の主人公だ。

「よれよれのフンドシ一つになって渋団扇を片手に、うつら、うつらと午睡を楽しむ」老人で、何の取りえもなさそうにみえる。

しかしこの老人のまわりは、様々な人生の悩みの持主から週刊誌『マンデー日々』を通して送られた相談の手紙が山をなしていた。

「青い小さな恋」で悩む中学生、「楽に生きる法」を探す浪人二年の若者、「友だちのない男」、「英語を話す法」を知りたい人、自分は癌ではないかと悩む余りノイローゼになってしまった「癌ノロ男」、そして「喧嘩に勝つ法」を知りたい弱虫。

それら悩みの何一つをも、山人は相談を拒むことなく、彼らの友になってくれた。

「人間の生活は、そういうくだらぬ悩みの集積でできている」ことを、優しい山人は見抜いていたからである。

「気の弱い男の巻」に出てくる犬丸耕吉。

会社の中で阿保かと思われているこの男が、同じ課の女子社員の美知子に恋をした。たまたま彼女の誕生日を知った耕吉は、彼女にプレゼントをする。そして、喫茶店で二人きりになった。

いよいよ待ちに待った機会が来た、というより、いくら待っても声をかけてくれない耕吉に代わり、美知子がお茶でも、と誘ったのである。

とっても嬉しかったわ。美知子は悦び、しきりに誘い水をかけた。が、彼女が聞いたのは、「失敬・・・します」という言葉だった。耕吉はたまりかねたように立ち上がり、トイレに走って行ったのである。

なんと、「失敬・・・します」は、その日美知子が聞いた唯一の言葉であった。耕吉は、その後も同じことを言いながら、何度もトイレに駆け込んだのである。

可哀想な耕吉は、狐狸庵山人にＳＯＳの手紙を送る。

「右のような事情で、それから彼女はもうぼくに見向きもしてくれないのです。といってぼくは弁解するわけにもいかず、日夜、くるしんでおります。ぼくを助けてください。あわれな小便男より。」

暫くして、山人は美知子の会社に参上。そして、犬丸からの手紙を彼女に見せた。
「ひどいわ、あの人」と興奮する美知子に、「あなたのごとき知性ある美女を会うて、厠に行くなど、とんでもないことであります」と彼女の肩をもち、ビールでも飲もうと誘う山人。

どころで、冷たいビールを飲んだせいか、美知子は急に尿意を催しはじめた。それを知ってか知らずか、山人はショパンが好きだという彼女に、クラシック音楽についてしゃべり続ける。

「『ベートやショパンのどこがお好きかな。ぜひ、伺いたいものである』
『あのベトベトの・・・ショベンの・・・』
『ショベンではない。ショパンであるぞ。』

『くるしいッ』爆発寸前の美知子は思わず叫んだ。『トイレに行かせて』

『なんと』狐狸庵、大声をだし、『これは犬丸耕吉のごとき、下品な振舞であるな。ショパンについて我らは語らん』」

美知子がトイレに行かせてもらったのは、犬丸と交際しますと、約束してからだった。トイレに走る彼女に、山人は呟いた。

「わが身をつねって人の痛さを知れえ」

あの方の御言葉が、山人の口から出てきたのである。

「あなたの隣人をあなた自身のように愛せよ」(マタイによる福音書二十二・三九)

このような山人に、次のように告白する者まであらわれたのも不思議ではなかった。

「狐狸庵先生こそ我々亭主族のイエスさまです」

かつて山人は、「チンチン・ゴミの会」を作り、「人のため世のため無益である」ことを自分の理想としたことがあった。なぜだろうか。狐狸庵の弁を聴こう。

「我はチンチンゴミを憬れるものなり。我思うに、世界ひろしと言えど、チンチンにつきたるゴミほど、世のため、人のため無用無益なるものはなし。チンチンゴミは威張ることなし。大説をのべることなし。他を裁かず、おのれのみを正しく考えることなし。ああ、チンチンのゴミよ。汝に偽善なし。優越感なし。我は汝のごとき生きかたをなさんと欲するなり。」

17 『世界紀行』

人間のことを「ホモ・ヴィアトール」(homo viator) と呼ぶときがある。「旅する人」、「路上の人間」という意味だ。

数年前、ドイツのフランクフルト駅の本屋で『旅としての宗教』という本を偶然手に入れた。電車の中で読み始めたが、なかなか面白い。

『使徒言行録』のパウロ。当時としては世界そのものだったであろう地中海を幾度も渡ったはずのこの使徒のことを、この本の著者は『アラビアンナイト』に出る船乗りのシンドバッドにたとえていた。

考えてみれば、聖書は、エデンの園から追放されたあの孤独な人間の旅から始まる。その後裔たちも、砂漠を横断し海を渡りながら、「更にまさった故郷《こきょう》」(ヘブライ人への手紙十一・十六) に向う旅をつづけている。

ジョン・バンヤンの『天路歴程』にも、ダンテの『神曲』にも、天の国に向って旅する人間の魂の姿が描かれている。

周知の如く、遠藤周作は一九五〇年から三年間フランスへ留学した。戦後最初の留学生として渡仏した彼は、自分のことをかつての慶長遣欧使節や天正少年使節の一人に重ね合わせて理解していた。

「天正少年使節は飛行機で西洋に行ったのではなく、船に乗り、二年もかけて辿りついた。私も船でヨーロッパへ行ったのだが、そのときは三十五日かかった。」
（『沈黙の声』より）

教皇パウロ６世を謁見する遠藤（1972 年）遠藤の隣は作家三浦朱門

そのためだったろうか。遠藤の作品には、旅する人のことが数多く出てくる。『沈黙』は、フェレイラとロドリゴという師弟が波濤万里を超えて日本まで旅した物語である。『銃と十字架』には、ヨーロッパへの旅の後、日本に戻って殉教した日本人司祭のペテロ岐部が登場する。『侍』は、慶長遣欧使節の一人として太平洋を渡ってローマまで旅をした、仙台藩の支倉常長をモデルとした作品である。『深い河』もそうではないか。それは、人生という重荷を背負った人々がアジアの母なる河としてのガンジス河まで旅をする魂の旅程ではないだろうか。

これらの旅は、旅人の魂が神に上昇する旅。中世の神学者の聖ボナヴェントゥラ（一二二一～一二七四年）の著書を借りて言うならば、『神へ向かう魂の旅』(*Itinerarium mentis in Deum*) であったのである。

ところがこれらの旅は、実は神によって導かれたものであった。再度ボナヴェントゥラの言葉を引用すれば、

「より大きな力が私たちを持ち上げて下さらなければ、自ら自分の上に上昇することができない」

からである。

こうした旅の物語を活字にするために、遠藤も多くの取材旅行に出かけた。『世界紀行』(講談社、一九七五年)は、そのような旅の足跡である。フランスのボルドオに行った時の日記には、旅人としての人間の寂しさが滲み出る。

「重い低い雲の下を汽車は単調に走り続けていた。いつの間にか、ねむった。夢のなかで、ぼくは日本におり、汽車にゆられて海べりのどこかを旅しているような、そんな気になっていた。眼がさめた時、口はにがかった。そして、ここは、やっぱり、葡萄畠や、あわれな寒村をすぎていく西フランスの汽車のなかだった。」

またある日の日記には、誰かが奏でるフォーレの鎮魂曲を聴いたときのことが載っている。

「（主よ、憐れみ給え、基督よ、憐れみ給え）／ぼくはその曲をききながら一人、その十字架をみつめていた。この椅子、この祈祷台、サン・ジャンのこの教会がたって、四世紀来、今のぼくのように、無数の誰かが、ひざまずき続けたため、凹み、すりきれているこの椅子、そして柱や壁についた汚点は湿気のためではなく、それらの人間の吐息や、呻き、怒りのあとなのだ。／（主よ、みまかりし者の魂を地獄の苦しみ、底知らぬ淵・・・より救い給え、彼ら地獄と暗黒におちいらざらんことを）」

遠藤が旅で出会ったこと、それは、自分と同じように旅をする人であり、その人のことを憐れむ神であったのである。

18 『鉄の首枷 ―― 小西行長伝』

遠藤周作には、「歴史小説」に分類される作品が多くある。

戦国時代、諸勢力間の合従連衡があわただしく展開される中、立身出世とキリスト教信仰の挟間で悩むキリシタン大名たちの姿を緊迫した筆致で描いたものだ。

遠藤は、イエズス会のH・チスリク師（上智大学教授）や日本南蛮学の権威者の松田毅一に師事しながら、ルイス・フロイスの『日本史』をはじめ多くの歴史資料を精力的に調べた。

歴史小説は、博覧強記の文筆家遠藤の面目が遺憾なく発揮されたもので、高山右近、小西行長、大友宗麟などの人物が主人公として登場する。

『鉄の首枷』（一九七六年）は、そのサブタイトルが示すように、豊臣秀吉の下で波乱万丈の人生を送った小西行長（一五五八～一六〇〇年）の評伝である。遠藤は、行長については小説『宿敵』（一九八五年）も書くほど、彼に深い関心を抱いていた。

堺の薬種商の家で生まれた行長は、幼いとき家族と共にキリスト教の洗礼を受けた。それは、南蛮貿易を通して富と名誉を手に入れようとした、父隆佐の意図による便宜上のものだった。しかし、洗礼の秘跡はそう簡単なものではなかった。

「行長が父と共に受けた便宜的な洗礼の水はこの日から彼の人生の土壌に少しずつしみこんでいくのだ。彼はそれを知らないしそれに気づいていない。（中略）行長もその死の日までこの受洗の意味が何だったか、一度、神を知った者を決して離れぬことを知らなかった。」

秀吉に抜擢され出世の道を走る行長。が、ある日、「余をとるか、デウスをとるか」と関白に問い詰められる。「おのれの主義に殉じ」「デウスの恵み」の方を選んだ右近とは対照的に、行長は「仰せに従い、今後は切支丹の儀・・・信心いたしませぬ」と自分の主義を曲げるしかなかった。それから行長は、キリストに対して、また右近に対して、うしろめたさを背負う二重生活者として生きることになる。

その後、「辛酸、屈辱、自己嫌悪」の日々を過ごさねばならなかった行長。やがて彼にも人生の最期が訪れる。戦に負け負傷した身で山中を徘徊する時、彼はふっと「喘ぎながら十字架を背負って処刑場のゴルゴダの丘に歩かされたイエスのこと」を思い出すことになる。

一生、キリストへのうしろめたさを背負って生きてきた行長の中に、十字架を背負ったキリストが生きておられたのである。

「『長い、長い間』、と彼は心のなかでイエスに向かって話しかけた。『この行長はおのれの弱さのためあなたさまと離れておりました。しかし今、なにやら、あなたさまと合体いたした気持ちがいたします。』」

行長が残した遺書には、「恒常なるものは何一つ、見当たらぬ」という一節がみえる。これは、「神のみが彼の頼るただ一つの存在であった」という信仰告白であって、「浪速のことも夢のまた夢」と呟いた、秀吉の辞世の句と全く異なるものであった。

ところで、遠藤はなぜ行長にそれほど関心をもっていたのだろうか。「二重生活者として」という彼のエッセイは、その理由の一端を覗かせてくれる。

「私は彼の二重生活を調べているうち、その生き方に自らの似姿を発見し、時として自らの分身をみる思いにさせられたからである。（中略）戦争中、私たち基督教信者は行長と同じように二重生活者たらざるをえなかった。基督教信者は敵性宗教を信奉する怪しげな人間たちと思われ、それが次第に周りの圧迫に変わっていった。（中略）つまり秀吉政権下における行長と同じように、私もまわりに胸をはって信者であることを表明する勇気がなく、その勇気なさに自己嫌悪を持っていたのだ。私は必然的に二重生活者たらざるをえなかった。」

こうした意味で『鉄の首枷』は、「小西行長伝」であると同時に、「遠藤周作伝」として、さらには私たち一人ひとりの自伝として読むこともできるのではないだろうか。

19 『悲しみの歌』

「エルサレムとアテネとは何の関係があるか」

二世紀の教父テルトゥリアヌスの言葉として伝わるこの問いは、反語法的なものであって、キリスト教と世の文化の間には何の接点もないとの意味合いでよく引用される。言うまでもなく、「アテネ」とはギリシャの都で、哲学と文化を象徴する街。欧米のキリスト教と日本の精神的風土の間の「距離」を埋めることを目指していた遠藤周作は、当然ながらテルトゥリアヌスとは異なる形と内容の問いを投げかけることになる。

『悲しみの歌』(一九七七年)は、こうした神学的な問題についての遠藤の応えだった。彼は問うのだ。

「エルサレムと新宿とは何の関係があるか」

新宿の街には、アテネのように様々な人間群像がひしめく。

米軍捕虜生体解剖実験に参加した暗い過去を隠して生きている医者勝呂。

勝呂の過去を暴露する記事で出世街道を走ろうとする新聞記者。

普段は謹厳な表情で世間を叱咤しながらも、自分の「空虚感」を満たすために変装して酒場に出入りする老教授。

その事実を知って教授を脅かし落第を逃れようと企てる不良の大学生たち。

その教授の娘は、父への反発心のあまり、この不良の大学生の子まで妊娠する。

それだけでは、もちろんない。

ピエロのような抜けた顔をして街をぶらぶらする外人の青年ガストン。（ガストンは遠藤の『おバカさん』（一九五九年）の主人公でもある。）

そして、小説を書く中年の男。「人間が好きだから小説を書きはじめた」彼は、「長い歳月の間、ますます人間や人間の臭いのするものが好きになっていた」。

人間の欲望や夢、計略と罪などが交錯する「人間劇場」のこの街は、ちょうど祭りの準備で賑やかだった。むかし、「あの人」が人生最後の数日を過ごした街エルサレムが、過越祭を迎え両替人や鳩を売る者、目の見えない者や足の不自由な人などで混雑を極めていたように。

新聞記者の執拗な取材を受けた勝呂は、自分の過去をそのまま打ち明け、その辛い過去の翳から逃れようとする。それは、自らの命を絶つしかない道であった。

その勝呂のそばに誰かが現れる。ガストンだった。彼は片言の日本語で言う。

「死ねこと駄目。生きてくださーい」

「しかし、私はもう疲れたよ。くたびれたのだ」

「わたくーしもむかし生きていた時疲れました。くたびれました。しかし、わたくーしは、最後まで生きましたです。」

「あんたが・・・？　あんたはガストンじゃないかね」

「いいえ、ちがいます。わたくーしはガストンではない。わたくーしは・・・イエス」

意識が朦朧していく勝呂の同伴者となってくれたのは、ガストンだけであった。

その後ガストンは、新宿西口の公園で、ある女に出会う。新宿の料理屋で出稼ぎをするこの女は、昨夜、故郷の子供が危篤だと聞いたが、すぐ戻ることはできなかった。ようやく二日だけの暇をもらって故郷行きの電車を待っている、と女は嗚咽する。

ガストンは誰かに向かって祈った。

「あなたは、今日もまた、このひとを泣かせている。毎日、毎日、あなたはたくさんのひとに悲しい出来事を与えている。なんのためで、たんの意味があるでしょう。［中略］

もしわたくーしが五十歳まで生きるのでしたら、十年ちぢめてください。そしてその十年、この人の子供にやってください。わたくーしは役にたちません男。わたくーしは何もできません男。わたくーしが長く生きますより、この女の人が泣きませんこと、だいじ。」

その後、誰もいない公園には、「まるい池には釘そっくりの形をした噴水柱がうちこまれているが噴水がとまっている。その柱に少しずつ光があたりだした。」人びとに新しいいのちを与える「あの人」のよみがえりの朝が、そこにはあったのである。

20　『侍』

「洗礼という秘蹟《ひせき》は人間の意志を超えて神の恩寵《おんちょう》を与える・・・（中略）彼らの受洗に万が一、そのような不純な動機があったとしても、主は決してその者たちをその日から問題にされない筈はない。彼らがその時、主を役立てたとしても、主は彼らを決して見放されはしない。」

遠藤周作の長編小説『侍』（一九八〇年）に出てくる、ある司祭の言葉だ。

司祭が指した「彼ら」の中には、あの人が含まれていた。長谷倉六右衛門。『侍』の主人公だ。そして、この作中人物には実在のモデルがある。仙台藩の下級武士であった、支倉常長がその人である。

常長は、慶長一八年（一六一三年）のある日、月ノ浦（現在の石巻市）を船出した。ノベスパニヤ（今のメキシコ）との通商交易の道を開けという、主君伊達政宗の命によるものだった。しかし、任務は達成できず、常長は日本に帰ってきた。

慶長遣欧使節団を率いたこの支倉常長の人生を基にして、遠藤は長谷倉六右衛門という侍の一生を物語る『侍』を書いた。

太平洋を横断し、ノベスパニヤを経てキリスト教の総本山のローマまで行く。思いもよらなかったこの壮絶な旅は、侍の人生に消すことのできぬ痕跡を残した。『侍』は、その痕跡を追いかける遠藤の魂の記録でもある。

侍の一行の中には、「ノベスパニヤでの取引きと商いとを円滑にするために」、「形だけ」と言いながら洗礼を受ける者が現れ始めた。その都度侍は、「蔑みと羨望とのまじった複雑な気持ちをおぼえる。」

侍も度々「両手を十字架に釘づけにさられた痩せこけた男」を見上げることがあった。が、「こんな男が・・・なにゆえに拝まれるのであろう」と、疑問と不快感を抱くだけであった。

ノベスパニヤでの交渉は壁にぶつかり、一行はローマまで行かざるをえなかった。任務が成就される見込みが立たない中、侍は期待半分、諦念半分で、「お役目のため」洗礼を受けることにする。教会の祭壇の前で両膝をつき、「祭壇の背後の大きな十字架を直視してそこに釘づけにされたあの痩せこけた男と向きあった」侍だったが、彼は依然として「その男」と結ばれるのを拒んだ。

「俺はなあ・・・お前を拝む気にはなれぬ」

侍の仕事は遂に失敗に終わった。

しかも、戻ってきた日本はキリシタン禁止の時代に一転していた。侍は「邪宗門」の洗礼を受けたと問題にされ、評定所への出頭を命じられる。あくまでも「お役目のための」「形だけのもの」だったと善処を望んでも、「藩がお前をそのように扱わねば、江戸には申し開きができのうなった」という非情な政《まつりごと》の論理が返されるだけだった。

すべてを失った孤独な侍は、旅先でもらった、ある古い紙束に目を留めた。開いてみると、例の「痩せこけた男」のことが書いてあった。

「その人、我等のかたわらにまします。
その人、我等が苦患《くげん》の歎きに耳かたむけ、
その人、我等と共に泪ぐまれ
その人、我等に申さるるには、
現世《うつせみ》に泣く者こそ倖《さいわい》なれ、その者、天の国《パライソ》にて微笑まん。」

その時の侍の胸中を遠藤はこう描く。

「その人とは針金のように痩せ、力なく両手を拡げて釘《くぎ》づけにされ、首垂《うなだ》れたあの男だった。侍はまたも眼をとじ、あのノベスパニヤやエスパニヤの宿所で、毎夜、壁の上から自分を見おろしていたあの男の姿を思いうかべた。今はなぜか昔ほど蔑《さげす》みも隔たりも感じない。むしろあわれなこの男が囲炉裏のそばでつくねんと坐った自分のそれに似ているような気さえする。」

遠藤はこの作品の中で、長谷倉のことをいつも「侍」と呼ぶ。それには理由があった。長谷倉という固有名詞を避けて彼を特定の歴史的人物という枠から外すことによって、この「侍」が遠藤自身の自画像であることをあらわすためであった。「お役目のために」という「不純な動機」によって洗礼を受けた侍に、遠藤は何の決断のないまま洗礼を受けた自分の姿を投影させたのである。

「彼らの受洗に万が一、そのような不純な動機があったとしても、・・・主は彼らを決して見放されはしない」

冒頭で引用した司祭の言葉は、実に作家遠藤の信仰告白だったのである。

21 『父親』

「母なるもの」としての神のイメージを造形化してきた遠藤周作。

その遠藤が、『父親』という長編小説を発表した。一九八〇年、彼が五七歳になった時のことであった。

化粧品製造会社の商品開発部長を務める石井菊次。

退職を間近に控える彼には、聡明で個性の強い娘、純子がいる。「戦中派」の菊次は――遠藤も自分のことをそう呼んだ――、若い世代に対して舌打ちをすることが多かったが、娘だけは心の中で認めていた。殊勝なやつだと。

その娘に、付き合う人ができた。そこまでは別に何の問題もなかったが、その相手は妻子のある男だということがわかった。

叱る菊次に、抵抗する娘。

そのとき菊次は初めて、娘に別の顔をみたと思った。

「怒りに燃えた眼で彼を睨みつけた純子。それは菊次には初めて見る女のようだった。彼の知らない娘のなかの『女』の顔だった。そしてその女が菊次や母親や弟を棄てて男のほうを選んだ。裏切られ、見棄てられた苦痛と屈辱とが心を深く傷つけた。」

菊次の脳裏には、いつか大学同窓生にいわれた言葉が浮かんできた。

「父親の本質はリヤ王やと思うてますのや。・・・子供たちに捨てられていくのが父親そのものだ。」

気の強い娘は、ついに家を出る。そして、アパートを借りて一人暮らしをしながら、男との結婚を夢みる。

一方、離婚する気で妻と別居までしながら純子と付き合っていた男だが、妻が不意の交通事故に遭い入院してからは、妻とも、二人の子供とも、今までの隔たりが溶けていくことに気づく。男は家庭に戻る決心をし、純子に離れを告げる。

娘が家に戻ってきたあと、菊次は男に会った。そして、言った。

「許してくれと、あなたは私におっしゃった。・・・しかし今の私はあなたを許す気にはなれません。なぜか、わかりますか。」

あなたの娘に手を出したからでしょう。男のおどおどとしたつぶやきに、菊次は首を振った。

「そうじゃない。あなたが他人の悲しみを想像なさらなかったからです。」

娘に裏切られた父の悲しみ、夫であり父親であるあなたに棄てられた、あなたの家族の悲しみ、そして何よりも純子の悲しみに、あなたは無神経だった。そのエゴイスムは許されない。菊次はそう言ったのである。

『父親』は、男が妻と子供たちのもとに戻ってからの一家団欒の風景を描きながら終わる。

「彼はたちあがって子供たちのそばにいった。突然、ある衝動にかられて娘と息子とを両手で抱きかかえた。（中略）そして彼は妻がそんな自分をじっと見ているのに気づいた。親子四人はそのあと代々木公園を出て雑踏する表参道を散歩した。」

遠藤にとって自分の父親の常久は、母親と兄と自分を棄てて一六歳下の愛人に行ってしまった男、母親と兄と自分の「悲しみを想像なさらなかった」男であった。『父親』に出る男がそうだったように。

そう思えば、「親子四人」という平穏な家庭に戻ったその男は、遠藤がそうであってほしかった自分の父親の姿だったのではないだろうか。

玉川学園の自宅庭で長男（龍之介）と

そして、自分の父親が交際していたあの愛人にも、もし菊次のような「父親」がいたならば、自分の父と母が離婚しなかったかも知れない。

それゆえ『父親』は、遠藤自らが自分の父の情婦の「父親」になることによって、自分の父親との関係を修復しようとした和解物語として読めるのではないだろうか。

それについて長く話すより、一つのエピソードを引用することにしよう。遠藤順子夫人の回想によると、遠藤は父親の常久が亡くなる（一九八九年没）直前、「家に美味しいお酒が入ると、『これ、父親のところへ持っていってやれよ』」と言い、「自分でも何度か父を見舞って」いたそうだ。

そして、自分の父親についてこう語ったという。

「親父も孤独な奴だということがわかったよ。自分の女房と、息子たちの子供時代の話ができないのは辛いだろうな。」（『夫・遠藤周作を語る』より）

22 『女の一生』（一部・二部）

遠藤が『沈黙』を書く決定的な契機となったのは、長崎の大浦天主堂を訪れた際見た踏絵であった。踏絵を踏んだ人々の足跡に遠藤の魂が共鳴したのである。その意味において、長崎は遠藤周作の創作のための「母胎」という格別な意味を持つ街になる。遠藤は言う。

「青年期・壮年期においては、長崎が大きな部分を占めていた。・・・その街に切支丹時代、私と同じような問題を抱えた人びとが生き、そして拷問にかけられ、魂のすさまじい闘いを行っていたのである」（『沈黙の声』より）。

『女の一生』（一部・二部）（一九八二年）は、遠藤が自分の「心の故郷である長崎への恩返しのつもりで書いた作品」であった。彼は長崎を舞台にし、聖母マリアへの信仰によってつながる二人の女性キクとサチ子の人生を物語った。

男勝りのキクは、ある日から清吉に恋をするようになる。彼がみなから厄介視される「クロ」（＝切支丹）であることが判った後でも、その恋は変わるものではなかった。しかし、プチジャン神父らが来日して宣教の再開を試みようとしているものの、当時はまだ切支丹禁制が続く時代であった。

清吉は他の信徒らと共に逮捕され拷問を受け、さらに見知らぬ土地にまで連れて行かれる。切支丹のことについて何も知らないキクだったが、彼女は聖母像の前で嗚咽する。

「女ならうちのこん気持、わかってくだされ。おねがいします。清吉さんば辛か目に会わさんごとしてくだされ。」

清吉の釈放のため自分のすべてをささげたキクは、ついに聖母の前で息を引き取ることになるが、キクと同じく「愛した者を他人に奪われ」「苦しか、辛かと泣いた」聖

フェレイラの墓があると言われた長崎の皓台寺で（1976年）

母は、優しい声でキクを招く。

「いらっしゃい、安心して。わたくしと一緒に・・・」

『女の一生』（二部）のサチ子が生きていた時代も、戦争の狂風が吹き荒ぶ最中であった。

その時代は、キリスト教が「敵性宗教」とされた時代であり、教会の幼馴染の修平と詩集を読んでいたことで、「皇軍の将兵が戦場で血を流しておる時、お前は女とでれでれと散歩し、軟弱な詩を読んでいる」と、憲兵に頬を叩かれる時代であった。

長崎に滞在していたコルベ神父は、ポーランドに帰国してから逮捕され、アウシュビッツの飢餓室で他の囚人の身代わりになり最期を迎える。

修平が軍隊に徴集されてから、サチ子には修平が「俺の好いとる詩」と言いながら読んでくれた佐藤春夫の詩「ためいき」をおぼえる日々がつづく。

「遠く離れてまた得難き人を思ふ日にありて
われは心からなるまことの愛を学びえたり
そは求むるところなき愛なり
そは信ふかき少女の願ふことなき日も
聖母マリアの像の前に指を組む心なり」

サチ子は、その詩を聞いたとき、「なぜか母が一寸だけ話してくれた祖母の従妹のキクのことを思い出した」ことがあった。

また、特攻隊員として出撃する直前に会った時修平が読んでくれた、ボードレールの詩「旅への誘い」も、サチ子の記憶に鮮明に残っていた。

「恋人よ
思いみよ　かの国を
二人して住む　楽しさ
かしこにて　のどかに愛し
愛して死なん
かしこには秩序と美と
豪奢と静寂と悦びと・・・」

修平は戦死し、長崎は原爆によって阿鼻叫喚の地獄に化す。サチ子は、かつてキクがそうしたように、マリア像の前で聖母に声をかける。

「教えてください。・・・なして修ちゃんは死んだとですか。あの人がこげんことになったわけの今でもうちにはわからんとです。なして、修ちゃんは遠く行ってしもうたとですか。教えてください。」

だまったままサチ子を見つめている聖母。しかし、サチ子の祈りは、平凡な家庭の主婦になってからも変わりなくつづく。

「神さま、あなたはたくさんのものを与えてくださいました。（中略）苦痛と悲しみとは神さま、わたしにあなたの本当の御心を疑わせたこともありましたが、その疑いがかえってあなたを今でも求めさせます。あなたがくださった宿題はあまりに多すぎますけれども、有難うございました。」

23 『悪霊の午後』

「私は今日、決心した。一切の外部的思潮に足をすくわれない事、私は、自分の裡で最も確実である、あの方法によって、人間内部の原初的なものに到達する事、それ以外に私は私を定める事が出来ないように思われる。」

フランス留学中の二十代の遠藤が書き残した日記（一九五〇年十一月二十一日）からは、恐れながらも人間の暗い内面を覗こうとする、文学青年の好奇の目と気概が浮かんでくる。

その青い文学青年が、『悪霊の午後』（一九八三年）の中での熟年の小説家となって帰ってきた。

重鎮作家の藤綱は、ある日、不意の交通事故で夫を失ったというある女性を紹介され、自分の秘書として採用する。「大の男をひきずる」「魔力」を発散する、南条英子という女だった。しかし、藤綱は彼女の謎の多い私生活に恐れを感じて解雇してしまう。

それは、ひょっとすると英子に対する彼の妬みのせいだったかも知れない。

その英子について、怪しい噂が聞こえてくる。彼女には秘密の部屋があり、そこに多くの男たちが出入りするという。そして、ある老画伯は彼女の前で赤ん坊のようにオムツを当てた姿になり、またある男は女装をして思い切って女のような身振りをするそうだ。

作家的好奇心に動かされて、藤綱は英子の過去を探り始める。そして、彼女の仮面を一つずつ剥ぎ取るなかで、藤綱は恐ろしい事実を知ることになる。

英子と付き合っていた男子生徒の中には、ある日突然自殺をした者もいたし、彼女に褒められたい一心で、本屋で本を盗みつづけた者もいた。

さらに、交通事故でなくなったと言われた英子の夫も、実は車を用いて自殺したのではないか、という疑いまで浮上した。

それらの男たちの中に秘かに宿っていた自殺衝動や反社会的行動への衝動に、英子は火をつけたようだ。彼女の前では、世間の眼を怖れて抑えられていたそれぞれの欲望が、はなれごまのように放出されたのである。

しかしもっと不思議なのは、英子の過去を追いかける藤綱自身も、彼女を解雇したことを後悔したことだった。

「日が経つにつれ英子を馘《くび》にした後悔が消えるどころか、かえって深くなっていった。彼女の姿がますますまぶたに浮かび、時々その声もきこえてくるような気がする。部屋の電話が鳴るたびに、英子からではないかといそいで受話器をあげる事がある。」

遂に英子の部屋で彼女と再会する藤綱。そして、事の真相を明かされる。

「わたくしたちは、ここでみんなほんとうの自分になるのですわ。社会の眼や世間への思わくをおそれてそっと抑えつけている欲望こそ、ほんとうの自分のものじゃありません？　その慾望が何かということをはっきり教えてさしあげるのがわたくしの役目。だからわたくしはこのパーティーのホステス。ここへいらした方たちはみんな自分で知らなかった心の秘密をここではのびのびと実現できるのですもの。こんな倖せなことはないと思います。」

フランス留学の時

後日、文学賞の選考委員を務めていた藤綱は、ある作品を当選作として推した。橋田冬子という作家によるその作品は、どうみても自分と英子のことを書いたようだったが、「偶然の一致だろうか」と彼は平静を装った。

しかし、その作家に連絡を取るのが全くできないとわかったとき、藤綱は彼女を探す必要はないと言い切った。

「おかしいかも知れませんが、私には橋田冬子という女性が我々の心のなかに存在している気がしているんです。彼女がその作品で書いたように、我々の心のなかは想像しているよりもっと深い層がある。精神分析学はそれを既に教えてくれていますがこの奥深い、暗い心の内部こそ、無意識というものでして —— その無意識こそ橋田冬子なのです。だから彼女を外に追い求める必要はないでしょう。彼女は我々、一人一人の心のなかにかくれているのですから。」

『悪霊の午後』が単行本として出版される際に、遠藤は小説作品としては珍しくこの作品について敷衍説明をする「まえがき」をつけた。そこで遠藤は、この作品が心理学者の「ユングの影の問題から刺激をうけて書いた」ことを明らかにした後、「この小説はある意味で私の『ジキル博士とハイド氏』である」と締めくくった。その全文をここに引用してみよう。

「この小説は今まで私が書いたエンターテインメントとは非常に趣《おもむき》を異《こと》にしていると思う。新聞連載中も読者からその疑問を手紙にもらったことさえあった。

私はこの小説をユングの影の問題から刺激をうけて書いたことを率直に告白した

い。我々の心の奥には世間でみせる我々の顔とは別の秘密の顔がある。それを当人さえ気づかぬこともある。その秘密の顔は無意識に抑圧《よくあつ》され、ある意味で本当の顔だが、しかしそれを表面に出すと我々は社会的に生きていけない場合もある。ユングはそれを影といった。

『ジキル博士とハイド氏』の話は有名だが、しかしそれは人間誰にも存在する命題なのだ。この小説はある意味で私の『ジキル博士とハイド氏』である。」

24 『深い河』

まるで聖地に行く巡礼者のように。

それぞれの人生に刻み込まれている痕跡を重荷のように背負って、遠くガンジス河にまで行く人びとがいる。

亡き妻の言葉を忘れることができず、印度に転生したと言われる彼女を探しにいく磯辺。息を引きとる直前に、「人生の同伴者」であった妻は声を振り絞りながら磯辺に言った。

「わたくし・・・必ず・・・生れかわるから、この世界の何処かに。探して・・・わたくしを見つけて・・・約束よ、約束よ。」

木口は、戦争中密林で死んで行った戦友や敵軍の冥福を祈る法要をいとなむために行く。

印度の野鳥保護地区に行きたいという童話作家の沼田。

彼は、肺を患い長い間入院せざるをえなかった。その彼のために、妻はどこかで九官鳥を買ってきて病室においてくれた。執刀医さえためらう大手術を受けた彼は、その日九官鳥が死んだことに心を痛める。まるで自分の代りに死んだような気がしてならないのだ。

誰もいない病室の中で、沼田はその鳥を相手に自分の苦しみと悩みを打ち明けることができたのである。

そして、一人の女性がいた。意に染まぬ結婚をした夫と別れて、ある男に会いに行く成瀬美津子。

彼女は、大学時代に自分が愚弄してから棄てた、大津という名の男のことを憶えている。彼は今司祭となって印度にいるという。単に行きずりの一人にすぎないと思っていたその男を、なぜか忘れることができない。

遠藤周作は、一九九三年、まるで編み物でも編むように、こうした人びとの過去と現在を絡みあわせながら『深い河』を書き下ろした。彼が世を去る三年前のことだった。ある意味で『深い河』は、作家としての遠藤の人生全体を編み上げた作品と言ってもよいだろう。

「モイラ」という渾名で呼ばれていた美津子。「モイラ」とは、フランスの作家ジュリアン・グリーンの小説の女主人公で、清教徒の青年を誘惑する娘だ。

美津子は、その渾名通り、「女の子が苛めたくなる衝動を起こさせる」「野暮な恰好」の大津にわざと近づいて囁いた。大学内にある教会のクルトル・ハイムに通うのをやめるなら自分の躰を許す、と。自分の思惑通り大津を操った後、彼女が大津に会いつづける理由は何もなかった。

その大津を探して印度に行く美津子だが、実は以前にも彼に会ったことがある。新婚旅行のためフランスに行った時、低俗趣味の夫に幻滅を覚えた彼女は一人で大津のいる修道

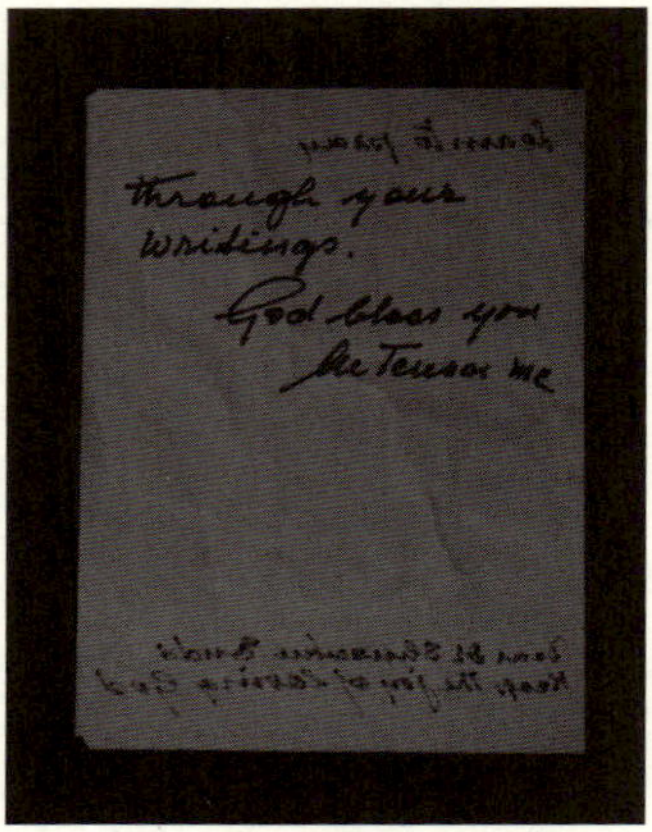

マザー・テレサからの手紙

院を訪れたことがあるのだ。その時の二人の会話を美津子は今も憶えている。

「成瀬さんに棄てられて、ぼろぼろになって・・・行くところもなくて、どうして良いか、わからなくて。仕方なくまたあのクルトル・ハイムに入って跪いた間、ぼくは聞いたんです」

「聞いた?・・・何を?」

「おいで、という声を。おいで、私はお前と同じように捨てられた。だから私だけは決してお前を棄てない、という声を。」

自分は手品師のような神の働きによって変わったという大津に対して、「その神という言葉をやめてくれない」と美津子は叱るように叫ぶ。すると大津は言うのだ。

「その言葉が嫌なら、他の名に変えてもいいんです。トマトでもいい、玉ねぎでもいい。（中略）神は存在というより、働きです。玉ねぎは愛の働く塊りなんです。」

その大津と再会した場所は、ガンジス河のほとりにある火葬場だった。彼はヒンズー教徒の服装をして、死体を運ぶ仕事をしている。「あなたはヒンズー教のバラモンじゃないのに」と訝る美津子に、「そんな違いは重大でしょうか」とむしろ反問する大津。そして彼は言いつづける。

「玉ねぎがこの町に寄られたら、彼こそ行き倒れを背中に背負って火葬場に行かれたと思うんです。ちょうど生きている時、彼が十字架を背にのせて運んだように。」

『深い河』の取材旅行（ニューデリーの博物館）

大津は倒れる。

ヒンズー教徒の死体をカメラに撮るのは禁止されていたのに、一行の一人がそれを無視したのだ。怒った遺族たちが彼を攻撃しようとしたとき、「遺体を運んでき、休息していた男たちから、一人が飛び出して、遺族たちの前の立ちはだかり、なだめにかかった。」大津だった。しかし激昂した遺族は、大津を撲ったり蹴ったりしたのである。

担架に乗せられ、「これで・・・いい。ぼくの人生は・・・これでいい。」と呟く大津を見て、美津子はしゃがみこんで拳で石段をむなしく叩きながら叫んだ。

「馬鹿ね、本当に馬鹿ね、あなたは。（中略）あんな玉ねぎのために一生を棒にふって。あなたが玉ねぎの真似をしたからって、この憎しみとエゴイズムしかない世のなかが変わる筈はないじゃないの。あなたはあっちこっちで追い出され、揚句の果て、首を折って、死人の担架で運ばれて。あなたは結局は無力だったじゃないの。」

大津と同じ仕事をする修道女たちを見て、まるで大津にそうするかのように美津子は彼女たちに訊いた。

「何のために、そんなことを、なさっているのですか」

「すると修道女の眼に驚きがうかび、ゆっくり答えた。
『それしか・・・この世界で信じられるものがありませんもの。わたしたちは』
それしか、と言ったのか、その人しかと言ったのか、美津子にはよく聞きとれなかった。その人と言ったのならば、それは大津の『玉ねぎ』のことなのだ。玉ねぎは、昔々に亡くなったが、彼は他の人間のなかに転生した。二千年ちかい歳月の後も、今の修道女たちのなかに転生し、大津のなかに転生した。担架で病院に運ばれていった彼のように修道女たちも人間の河のなかに消えていった。」

25　『「深い河」創作日記』

「遠藤周作ほど日記を付けつづけた作家を私は多く知らない」

遠藤と長年の交遊があり、文芸雑誌『三田文学』の編集長を務めたこともある加藤宗哉が述べたように、遠藤は多くの日記を書き残した。

その中には、フランス留学時代のことを記した『作家の日記』（一九八五年）があり、『海と毒薬』を執筆した時の取材日記もある。

『ルーアンの丘』（一九九八年）は、『作家の日記』には省かれていた部分をまとめたもので、遠藤の死後、順子夫人の手によって世に知らされた。病気で「断腸の思いでパリを去る」しかなかった若き遠藤の苦悩と、その遠藤に同行してくれた、フランス人女性フランソワーズとのことが、読む者の心にも痛いほど伝わってくる。

「可哀想なフランソワーズ、ぼくはお前の悲しみがはっきりわかる。彼女はぼくのためにこんな大きな冒険をしてくれたのだ。未知の街で、見知らぬ二人で。」

『「深い河」創作日記』(一九九七年)も、遠藤が亡くなってから刊行されたものだ。大学ノートに書き殴られたこの日記は、順子夫人が書斎の隅で見つけたという。順子夫人の話。

「主人らしいでしょ。なかなか小説を書き出せなくて、そのたびに、怠慢恥じるのみ、わが身を恥じる・・・って書いているんですよ。」

この創作日記には、一九九〇年から一九九三年までの日記が掲載されている。一九九三年の日記は、「病状日記(腎臓手術)」という題がついていることからもわかるように、最後の闘病生活によって心身とも限界を迎えつつあった時の記録である。次の一節が、当時の切迫した胸中を物語る。

「痛みをまぎらわすため、『深い河』の一節を思い出し、あそこはこう書くべきだったなどと考えるのも小説家の性であり、今のぞむのはあの小説の出来上がりだ。早く表紙をなでてみたい。この小説のために文字通り骨身をけずり、今日の痛みをしのがねばならなかったのか。女房はほとんど眠っていないという。おたがい十日ぐらいするとどっと疲れがでるのではないか、そういう心配がある。」

「小説を書き出せなくて、そのたびに、怠慢恥じるのみ、わが身を恥じる・・・って書いた」といわれる遠藤の日記。

加藤は、「それは、創作ノートというより、まさに一遍の小説だった」と言うが、『「深い河」創作日記』は、小説家の遠藤が自分の身を削りながら直截に書いた、もう一つの小説に違いない。

当然といえば当然だろうが、『「深い河」創作日記』という「小説」からは、小説『深い河』のテーマを垣間見ることができる。そのテーマとは、復活とも転生とも言われることで、まさに人々が希求している世界のことである。一九九二年六月二二日の日記にそのテーマが顔を出している。

「梅雨かと信じられぬほど快晴。

最初の書き出しがやっと決まる。

『わたし必ず生まれかわるわ。場所は何処かわからないけど・・・あなたの生きている間、この世界の何処かに、必ず生まれてくるから』

『そうか』

磯辺は妻の手を握りしめながら強くうなずいた。」


『深い河』は、一生、自分にとって最愛のものを探しつづけていた、ある男とある女の物語、否、私たち一人一人の物語である。

自分が最も愛するもの、自分を最も愛してくれるもの。それを神やイエスと呼ぶ人がいれば、別の名前で呼んだとき心が動くのを感じる人もいる。

その最愛のものの名前は多いが、人は誰でもそれを探しており、それが今ここに自分と共に生きていることを懇願する。

神とかイエスとかという名前に気詰りを感じる人に、それでは「玉ねぎ」と呼んだら、と遠藤は言う。

もちろん、必ずしも「玉ねぎ」である必要はない。「玉ねぎ」の愛は、自分が別の名前で呼ばれることも許すほど大きい。

小説『深い河』には、その「玉ねぎ」が「昔々に亡くなったが、彼は他の人間の中に転生した」という一節がある。この言葉は、『「深い河」創作日記』に書きとめられている、次の文章の結実であろう。

「大事なのは宗教の形ではなく、イエスの愛を他の人間のなかで発見した時だ」

あとがき

本書は、『キリスト新聞』（二〇一七年一月二八日〜同年六月一七日）に週一回連載した原稿をもとにしたものです。つたない原稿を載せて下さったキリスト新聞社のご厚意と、連載にご協力下さった松谷信司氏（現キリスト新聞社社長）に深く御礼を申し上げます。（ただし、10「『沈黙』①」、「沈黙の声」は、『中日新聞』二〇一六年一〇月二八日夕刊に掲載されたものです。）

新聞で連載する際には、多くの方々から身に余るほどの激励をいただきました。連載が終わり、単行本として出版するに当たっては、詩人の柴崎聰氏の親切なご助言を受けることができました。遠藤関連の写真を掲載することができたのは、遠藤周作のご子息の遠藤龍之介氏と遠藤周作文学館学芸員の川崎友里子氏のご協力によるものでした。また、遠藤文学についての研究を進めるに当たっては、南山大学の先生方や神言会の神父様方より、いつもご指導とお祈りを賜っております。ここに記して、深く感謝を申し上げます。

私は、二〇一三年より、名古屋の南山大学・南山宗教文化研究所で「遠藤周作を読む会」を開いております。毎月一回のペースで、遠藤の作品を一冊ずつ読み、二〇一八年二月には五四回目を迎えました。また、二〇一七年九月からは、真生会館（東京・信濃町）でも、「遠藤周作を読む会」を隔月に開いております。これらの読書会の皆様からいつも声援をいただいていることに、この場を借りて謝意を表したいと思います。

本書の編集や出版に関しては、かんよう出版の松山献社長にたいへんお世話になりました。

遠藤周作の作品が一人でも多くの方にお読みいただけることを願いながら、「あとがき」に代えさせていただく次第です。

二〇一八年四月

南山宗教文化研究所にて

金　承哲

著者紹介

金　承哲（キム・スンチョル）

韓国の高麗大学で物理学、メソジスト神学大学大学院でキリスト教神学（組織神学）を専攻。スイスのバーゼル大学神学部で、1989年に神学博士学位（Dr. theol.）を取得、その後韓国の釜山神学校で教鞭をとった。2001年に来日。2011年まで金城学院大学教授を経て、2012年より南山大学人文学部教授、南山宗教文化研究所第一種研究所員（2016年より同研究所所長）。

専門はキリスト教神学。宗教間対話、宗教と科学の対話、キリスト教文学を研究、各分野において著書、翻訳書、論文等多数。『遠藤周作 ― 痕跡と痛みの文学』(2017、ビアトル)（韓国語）があり、遠藤周作の『沈黙の声』を韓国語に翻訳した。

沈黙への道　沈黙からの道 ― 遠藤周作を読む ―

2018年6月1日　発行

© 金承哲

著　者　金　承哲

発行者　松山　献

発行所　合同会社　かんよう出版

〒550-0002 大阪市西区江戸堀2-1-1 江戸堀センタービル9階

電話 06-6556-7651 FAX 06-7632-3039　http://kanyoushuppan.com

装　幀　堀木一男

挿　絵　林　賢柱

印刷・製本　有限会社　オフィス泰

ISBN 978-4-906902-57-6　C0095　　Printed in Japan